La máquina del tiempo

H. G. Wells

EDICIONES **ABRAXAS**

Título original: *The Time Machine*
Maquetación y diseño de portada: Vanesa Diestre

Impreso en España / *Printed in Spain*
ISBN: 978-84-15215-67-7
Depósito legal: B 11248-2020

La máquina del tiempo

H. G. Wells

I

Introducción

El Viajero del Tiempo (será conveniente llamarle así) nos exponía un tema muy misterioso. Sus ojos grises brillaban y lanzaban chispas y su rostro, habitualmente pálido, se mostraba encendido y animado.

El fuego ardía con fuerza y el suave resplandor de las lámparas incandescentes, en forma de lirios de plata, se prendía en las burbujas que destellaban y morían en nuestras copas. Nuestros sillones, diseñados por él, nos abrazaban y acariciaban resignados a que nos sentásemos sobre ellos; y reinaba ese gustoso ambiente de sobremesa en el que los pensamientos vagan libres de las trabas de la exactitud. Y él nos lo expuso a su manera, destacando los puntos con su delgado dedo índice, mientras que nosotros, acomodados perezosamente, admirábamos su seriedad al tratar aquella nueva paradoja (así nos pareció) y su fecundidad intelectual.

—Seguirme con atención. Cuestionaré algunas ideas que están casi universalmente admitidas. La geometría, por ejemplo: tal y como la habéis aprendido en el colegio está basada sobre un concepto erróneo.

—¿No nos vendrá el asunto demasiado grande, empezando de ese modo? —preguntó Filby, un tipo pelirrojo y amante de las polémicas.

—No pienso pedirles que acepten nada sin un motivo razonable. Pronto admitirán lo que necesito de ustedes. Saben, naturalmente, que una línea matemática, una línea de grosor *cero*, no tiene existencia real. ¿Os han enseñado eso? Tampoco la posee un plano matemático. Estas cosas son simples abstracciones.

—Eso es correcto —dijo el psicólogo.

—Ni poseyendo tan solo longitud, anchura y espesor, puede un cubo tener existencia real.

—Me opongo —intervino Filby—. Por supuesto que un cuerpo sólido puede existir. Todas las cosas reales...

—Eso cree la mayoría de la gente. Pero espere un momento, ¿puede existir un cubo instantáneo?

—No le sigo —admitió Filby.

—¿Puede existir un cubo que no tenga duración ninguna?

Filby se quedó pensativo.

—Es evidente —continuó el Viajero del Tiempo— que todo cuerpo real debe extenderse en cuatro direcciones: debe tener longitud, anchura, espesor y... duración. Pero debido a una debilidad natural de la carne, que les explicaré dentro de un momento, tendemos a olvidar este hecho. Existen en realidad cuatro dimensiones: tres a las que llamamos los tres planos del espacio y una cuarta, el tiempo. Sin embargo, hay una tendencia a establecer una distinción imaginaria entre las tres primeras dimensiones y la última, porque sucede que nuestra conciencia se mueve por intermitencias en una dirección a lo largo de la última desde el comienzo hasta el fin de nuestras vidas.

—Eso —dijo un muchacho muy joven, haciendo un esfuerzo para encender de nuevo su cigarro encima de la lámpara—, eso... está muy claro, desde luego.

—Resulta notable que se olvide esto con frecuencia —continuó el Viajero del Tiempo, con jovialidad—. Esto es lo que significa, en realidad, la cuarta dimensión; aunque hay algunos que hablan de ella sin saber en realidad qué significa. Solamente es otra manera de considerar el tiempo. No hay diferencia entre el tiempo y cualquiera de las tres dimensiones del espacio, salvo que nuestra conciencia se mueve a lo largo de él. Pero algunos necios solo se han quedado con el aspecto equivocado de esa idea. ¿Habéis oído lo que dicen acerca de la cuarta dimensión?

—Yo no —respondió el corregidor.

—Pues es muy sencillo: el Espacio, tal como nuestros matemáticos lo entienden, tiene tres dimensiones, que pueden llamarse longitud, anchura y espesor y que es definible siempre por referencia a tres planos, cada uno de ellos en ángulo recto con los otros. Alguno filósofos se han preguntado: ¿por qué tres dimensiones, precisamente?, ¿por qué no otra dirección en ángulos rectos con las otras tres? E incluso han intentado construir una geometría de cuatro dimensiones. Hace casi un mes, el profesor Simon Newcomb[1] lo expuso en la Sociedad Matemática de Nueva York[2]. Ya saben que, sobre una superficie plana que no tenga más que dos dimensiones, podemos representar la figura de un sólido de tres dimensiones, e igualmente creen que por medio de modelos de tres dimensiones podrían representar uno de cuatro, si pudiesen conocer la perspectiva del objeto. ¿Comprenden?

—Creo que sí —murmuró el corregidor. Se sumió en un estado de introversión, moviendo los labios como si recitara unas palabras místicas y frunciendo las cejas—. Sí, creo que ahora le comprendo —dijo al cabo de un rato, animándose.

---

1 Simon Newcomb (1835-1909). Matemático y astrónomo estadounidense especialista en mecánica celeste. Realizó los cálculos precisos de gran cantidad de magnitudes astronómicas pertenecientes a casi todos los cuerpos del Sistema Solar.
2 Fundada por Thomas Fiske en 1888. La sociedad publicó la revista el *Bulletin of the New York Mathematical Society*.

—Pues vengo trabajando hace tiempo sobre esa geometría de las cuatro dimensiones. Algunos de mis resultados son curiosos. Por ejemplo, he aquí el retrato de un hombre a los ocho años, otro a los quince, otro a los diecisiete, otro a los veintitrés y así sucesivamente. Todas sin duda son secciones, por decirlo así, representaciones tridimensionales de su ser de cuatro dimensiones, que es una cosa fija e inalterable.

»Los hombres de ciencia —prosiguió el Viajero del Tiempo, después de una necesaria pausa para entender lo que nos había dicho— saben muy bien que el tiempo es únicamente una especie de espacio. Aquí tienen un diagrama científico conocido, un registro del tiempo. Esta línea que sigo con el dedo muestra el movimiento del barómetro. Ayer estaba así de alto, anoche descendió, esta mañana ha vuelto a subir poco a poco hasta este punto. Lógicamente, el mercurio no ha trazado esta línea en ninguna de las dimensiones del espacio generalmente admitidas. Pero sin duda ha trazado una línea y por ello debemos inferir que lo ha hecho a lo largo de la dimensión del tiempo.

—Pero —dijo el doctor, fijando su vista en el carbón de la chimenea— si el tiempo es tan solo una cuarta dimensión del espacio, ¿por qué se le ha considerado siempre como algo diferente? ¿Y por qué no podemos movernos aquí y allá en el tiempo como nos movemos aquí y allá en las otras dimensiones del espacio?

El Viajero del Tiempo sonrió.

—¿Está usted seguro de que podemos movernos libremente en el espacio? Podemos ir a la derecha y a la izquierda, hacia adelante y hacia atrás con mucha libertad y los seres humanos siempre lo han hecho. Nos movernos libremente en dos dimensiones. Pero ¿y hacia arriba y hacia abajo? La gravitación nos limita ahí.

—Eso no es del todo exacto —dijo el doctor—. ¿Y los globos?

—Pero antes de los globos, excepto en los saltos irregulares y en los desniveles de la superficie, las personas no tenían libertad para el movimiento vertical.

—Aunque pueden moverse un poco hacia arriba y hacia abajo —acotó el doctor.

—Con mayor facilidad hacia abajo que hacia arriba.

—Y usted no puede moverse de ninguna manera en el tiempo, no puede huir del momento presente.

—Mi querido amigo, ahí es justo donde se equivoca. Ahí es exactamente donde todo el mundo se equivoca. Estamos escapando siempre del momento presente. Nuestras existencias mentales, que son inmateriales y que carecen de dimensiones, pasan a lo largo de la dimensión del tiempo con una velocidad uniforme, desde la cuna hasta la tumba. Lo mismo que viajaríamos hacia abajo si empezásemos nuestra existencia ochenta kilómetros por encima de la superficie terrestre.

—Pero —interrumpió el psicólogo—: puede usted moverse en todas las direcciones del espacio, pero no puede usted moverse en el tiempo.

—Ese es el origen de mi gran descubrimiento. Pero se equivoca al decir que no podemos movernos en el tiempo. Por ejemplo, cuando recuerdo un incidente, retrocedo al momento en que ocurrió: me ausento, como usted dice. Salto hacia atrás durante un momento. Naturalmente, no tenemos medios para permanecer atrás durante un período cualquiera de tiempo, como tampoco un salvaje o un animal pueden sostenerse en el aire seis pies[3] por encima de la tierra. Pero en ese sentido el hombre civilizado está en mejores condiciones que el salvaje. Puede elevarse en un globo; y ¿por qué no puede esperarse que sea capaz de detener o de acelerar su impulso a lo largo de la dimensión del tiempo, o incluso de dar la vuelta y de viajar en el otro sentido?

—¡Oh! Eso... —empezó Filby— es...

—¿Por qué no...? —preguntó el Viajero del Tiempo.

—Eso va contra la razón —terminó Filby.

—¿Qué razón? —dijo el Viajero del Tiempo.

—Argumentando puede demostrar que lo negro es blanco —contestó Filby—, pero no me convencerá usted nunca de ello.

—Es posible —replicó el Viajero del Tiempo—. Pero ahora empieza usted a entender el objeto de mis investigaciones en la geometría de cuatro dimensiones. Hace mucho que tenía una vaga idea de una máquina...

---

3 1,83 metros.

—¡Para viajar a través del tiempo! —exclamó el muchacho muy joven.

—Que viaje en todas las direcciones del espacio y del tiempo indistintamente, según decida el conductor.

Filby se echó a reír.

—Pero he realizado la comprobación experimental —dijo el Viajero del Tiempo.

—Eso sería estupendo para el historiador —sugirió el psicólogo—. ¡Se podría viajar hacia atrás y confirmar el admitido relato de la batalla de Hastings[4], por ejemplo!

—¿No cree usted que eso atraería la atención? —preguntó el doctor—. Nuestros antepasados no toleraban muy bien los anacronismos.

—Podríamos aprender el griego de los propios labios de Homero[5] y de Platón[6] —sugirió el muchacho muy joven.

---

4 En la batalla de Hastings (1066) fue derrotado Haroldo II, rey de los anglosajones, por Guillermo el Conquistador, duque de Normandía, que era uno de los pretendientes a la corona inglesa. Invadió Inglaterra y con su triunfo, los normandos se convirtieron en los amos de la isla.

5 Poeta de la Antigua Grecia que nació y vivió en el siglo VIII a.C. Se le atribuye la autoría de las principales poesías épicas griegas: la *Ilíada* y la *Odisea*.

6 Filósofo griego discípulo de Sócrates y maestro de Aristóteles. Reconocido por sus diálogos, en los que habla de filosofía, metafísica, ética, política, arte, y muchos otros temas. En las cercanías de Atenas funda su *Academia*, en la cual compartiría sus conocimientos hasta su muerte.

—Le suspenderían con seguridad en el primer curso. ¡Los sabios alemanes han mejorado tanto el griego!

—Entonces, ahí está el porvenir —dijo el muchacho muy joven—. ¡Figúrense! ¡Podría uno invertir todo su dinero, dejar que se acumulase con los intereses y salir adelante con él!

—A descubrir una sociedad —dije— asentada sobre una base estrictamente comunista.

—De todas las teorías disparatadas y extravagantes —comenzó el psicólogo.

—Sí, eso me parecía a mí, por eso no había hablado nunca antes de ello hasta...

—¿Verificación experimental? —exclamé—. ¿Va usted a experimentar eso?

—¡El experimento! —exclamó Filby, que daba muestras de fatiga mental.

—Veamos su experimento de todos modos —propuso el psicólogo—, aunque es todo una patraña.

El Viajero del Tiempo nos sonrió a todos. Luego, sonriendo todavía levemente y con las manos hundidas en los bolsillos de sus pantalones, salió despacio de la habitación y oímos arrastrar las zapatillas por el largo corredor hacia el laboratorio.

El psicólogo nos miró.

—Me preguntó qué habrá ido a hacer.

—Un juego de manos, o algo parecido —respondió el doctor; y Filby empezó a hablarnos de un ilusionista que había visto en Burslem[7], pero antes de terminar su introducción, el Viajero del Tiempo volvió y nadie hizo caso de la anécdota de Filby.

---

7 Antigua ciudad inglesa. Durante largo tiempo Burslem fue el principal centro alfarero de Inglaterra.

II

LA MÁQUINA

El Viajero del Tiempo tenía en la mano un reluciente mecanismo metálico, apenas mayor que un relojito y muy delicadamente confeccionado. Estaba hecho de marfil y de una sustancia cristalina y transparente. Y ahora debo ser explícito, pues lo que sigue —a menos que su explicación sea aceptada— es algo absolutamente inexplicable. Cogió una de las mesitas octogonales que había en la habitación y la colocó enfrente de la chimenea, con dos patas sobre la alfombra y puso la pequeña máquina encima. Luego acercó una silla y se sentó. El otro objeto que había sobre la mesa era una lamparita con pantalla, cuya brillante luz caía de lleno sobre aquella cosa. Había también una docena de bujías aproximadamente, dos en candelabros de bronce sobre la repisa de la chimenea y otras varias en brazos de metal, así es que la habitación estaba excesivamente iluminada. Me senté en un sillón muy cerca del fuego y lo arrastré hacia adelante para situarme entre el Viajero del Tiempo y el hogar. Filby se sentó detrás de él, mirando por encima de su hombro. El doctor y el corregidor le observaban de perfil desde la derecha y el psicólogo desde la izquierda. El muchacho muy joven estaba de pie detrás del psicólogo. Estábamos todos en alerta. Era imposible que en esas condiciones nos pudiera haber engañado con cualquier clase de truco, por muy sutil que fuera concebido y por mucha destreza que se pusiera en su realización.

El Viajero del Tiempo nos contempló y luego miró a su pequeña máquina.

—Bien, ¿y qué? —preguntó el psicólogo.

—Este pequeño objeto —respondió el Viajero del Tiempo apoyando sus codos sobre la mesa y juntando sus manos por encima del aparato— solo es un modelo. Es mi modelo de una máquina para viajar a través del tiempo. Advertirán que parece singularmente torcida y que esta varilla rutilante presenta un extraño aspecto, como si fuese irreal —señalándola con el dedo—. He aquí, también, una pequeña palanca blanca y ahí otra.

El doctor se levantó de su asiento y escudriñó el interior de la cosa.

—Está hecho con mucho esmero—dijo.

—He tardado dos años en construirlo —replicó el Viajero del Tiempo.

Luego, cuando todos hubimos imitado al doctor, aquel dijo:

—Ahora quiero que comprendan con claridad que, al apretar esta palanca, envía la máquina a planear en el futuro y esta otra invierte el movimiento. Este soporte representa el asiento del Viajero del Tiempo. Dentro de poco voy a mover la palanca y la máquina partirá. Se desvanecerá. Se adentrará en el tiempo futuro y desaparecerá. Mírenla bien. Examinen también la mesa así se convencen de que no hay trampa. No quiero desperdiciar este modelo y que luego me digan que soy un charlatán.

Hubo una larga pausa, como de un minuto. Pareció que el psicólogo iba a hablarme, pero cambió de idea. El Viajero del Tiempo adelantó su dedo hacia la palanca.

—No —dijo de repente—. Deme su mano.

Y volviéndose hacía el psicólogo, le cogió la mano y le dijo que extendiese el índice. Por lo tanto fue el propio psicólogo quien envió el modelo de la máquina del tiempo hacia su interminable viaje. Vimos todos bajarse la palanca. Estoy completamente seguro de que no hubo engaño. Sopló una ráfaga de aire y la llama de la lámpara se inclinó. Una de las bujías de la repisa de la chimenea se apagó y la pequeña máquina comenzó a girar en redondo; de pronto, se hizo indistinta, la vimos como un fantasma durante un segundo quizá, como un remolino de cobre y marfil brillando débilmente; y partió... ¡se desvaneció!

Sobre la mesa vacía solo quedaba la lámpara.

Todos permanecimos en silencio durante un minuto.

—¡Vaya con el chisme! —dijo Filby a continuación.

El psicólogo salió de su estupor y miró repentinamente la mesa. El Viajero del Tiempo rio jovialmente.

—Bueno, ¿y qué? —dijo, rememorando al psicólogo; después se levantó, fue hacia el bote de tabaco que estaba sobre la repisa de la chimenea y, de espaldas a todos, empezó a llenar su pipa.

Nos mirábamos unos a otros asombrados.

—Dígame —preguntó el doctor—: ¿lo ha hecho en serio? ¿Cree usted seriamente que esa máquina viajará a través del tiempo?

—Con toda certeza —contestó el Viajero del Tiempo, deteniéndose para prender una cerilla en el fuego, luego se volvió, encendiendo su pipa, para mirar al psicólogo de frente; este, para demostrar que no estaba trastornado, cogió un cigarro e intentó encenderlo sin cortarle la punta—. Es más, tengo ahí una gran máquina casi terminada —y señaló hacia el laboratorio— y cuando esté montada por completo, pienso hacer un viaje por mi propia cuenta.

—¿Quiere usted decir que esa máquina viaja por el futuro? —dijo Filby.

—Por el futuro y por el pasado... no sé por cuál en realidad.

Después de una pausa el psicólogo tuvo una inspiración.

—De haber ido a alguna parte, habrá sido al pasado —dijo.

—¿Por qué? —preguntó el Viajero del Tiempo.

—Porque supongo que no se ha movido en el espacio; si viajase por el futuro aún estaría aquí en este momento, puesto que debería viajar por el momento presente.

—Pero —dije—, si viajase por el pasado, hubiera sido visible cuando entramos antes en esta habitación; y el jueves último cuando estuvimos aquí; y el jueves anterior a ese, ¡y así sucesivamente!

—Serias objeciones —observó el corregidor con aire de imparcialidad, volviéndose hacia el Viajero del Tiempo.

—Nada de eso —dijo este. Y luego, dirigiéndose al psicólogo—: piénselo. Usted puede explicar esto. Ya sabe que hay una representación bajo el umbral, una representación diluida.

—En efecto —dijo el psicólogo y nos tranquilizó—. Es un simple punto de psicología. Debería haber pensado en ello. Es bastante claro y sostiene la paradoja deliciosamente. No podemos ver, ni podemos apreciar esta máquina, como tampoco podemos ver el rayo de una rueda en plena rotación, o una bala volando por el aire. Si viaja a través del tiempo cincuenta o cien veces más de prisa que nosotros, si recorre un minuto mientras nosotros un segundo, la impresión producida será, naturalmente, tan solo una cincuentésima o una centésima de lo que sería si no viajase a través del tiempo. Está bastante claro.

Pasó su mano por el sitio donde había estado la máquina.

—¿Lo comprenden? —preguntó riendo.

Seguimos sentados mirando fijamente la mesa vacía casi un minuto. Luego el Viajero del Tiempo nos preguntó qué pensábamos de todo aquello.

—Me parece bastante aceptable esta noche —dijo—; pero hay que esperar hasta mañana. De día se ven las cosas de distinto modo.

—¿Queréis ver la auténtica máquina del tiempo? —preguntó el Viajero del Tiempo.

En seguida cogió una lámpara y nos mostró el camino por el largo y oscuro corredor hacia su laboratorio. Recuerdo vivamente la luz vacilante, la silueta de su extraña y gruesa cabeza, la danza de las sombras, cómo todos le seguíamos, perplejos pero incrédulos y cómo allí, en el laboratorio, contemplamos una reproducción en gran escala de la pequeña máquina que habíamos visto desvanecerse delante de nuestros ojos. Tenía partes de níquel, de marfil, otras que habían sido indudablemente limadas o aserradas de un cristal de roca. La máquina estaba casi completa, pero unas barras de cristal retorcido sin terminar estaban colocadas sobre un banco de carpintero, junto a algunos planos; cogí una de aquellas para examinarla mejor. Parecía ser de cuarzo.

—¡Vamos! —dijo el doctor—. ¿Habla usted completamente en serio? ¿O es esto una broma... como ese fantasma que nos enseñó usted la pasada Navidad?

—Montado en esta máquina —dijo el Viajero del Tiempo, levantando la lámpara— me propongo explorar el tiempo. ¿Está claro? No he estado nunca en mi vida más serio.

No teníamos ni idea de cómo tomar aquello.

Capté la mirada de Filby por encima del hombro del doctor y me guiñó un ojo.

III

VUELVE EL VIAJERO
DEL TIEMPO

Estoy seguro que ninguno de nosotros creyó ni por un momento en la máquina del tiempo. Pero el Viajero del Tiempo era uno de esos hombres demasiado inteligentes para ser creídos; daba la sensación de que nunca se le percibía por entero; sospechaba uno siempre en él alguna sutil reserva, alguna genialidad emboscada, detrás de su lúcida franqueza. De haber sido Filby quien nos hubiese enseñado el modelo y explicado la cuestión con las palabras del Viajero del Tiempo, habríamos mostrado un escepticismo mucho menor. Porque hubiésemos comprendido sus motivos: un carnicero entendería a Filby. Pero el Viajero del Tiempo tenía más de un rasgo de fantasía entre sus elementos y desconfiábamos de él. Cosas que hubieran hecho la fama de un hombre menos inteligente parecían engaños en sus manos. Es un error hacer las cosas con demasiada facilidad. Las gentes serias que le tomaban en serio no se sentían nunca seguras de su proceder; sabían en cierto modo que confiar sus reputaciones al juicio de él era como amueblar un cuarto para niños con loza muy fina. Por eso no creo que ninguno de nosotros haya hablado mucho del viaje a través del tiempo en el intervalo entre aquel jueves y el siguiente, aunque sus extrañas capacidades cruzasen indudablemente por muchas de nuestras mentes: su incredibilidad práctica, las curiosas posibilidades de anacronismo y de completa confusión que sugería.

Por mi parte, me preocupaba especialmente el fraude del modelo. El viernes me encontré con el doctor en el Linnaean[8] y lo discutí con él. Dijo que había visto una cosa parecida en Tübingen[9], e insistía mucho en el apagón de la bujía. Pero era incapaz de explicar cómo se efectuaba el engaño.

El jueves siguiente volví a Richmond[10] —supongo que era uno de los más asiduos invitados del Viajero del Tiempo— y, como llegué tarde, encontré a cuatro o cinco hombres reunidos ya en su sala. El doctor estaba colocado delante del fuego con una hoja de papel en una mano y su reloj en la otra. Busqué con la mirada al Viajero del Tiempo y...

—Son las siete y media —dijo el doctor—. Creo que estaría bien que cenemos.

—¿Dónde está...? —pregunté, sin nombrar a nuestro anfitrión.

—¿Usted acaba de llegar? Es más bien extraño. Ha sufrido un retraso inevitable. Me pide en esta

8 La *Sociedad Linneana de Londres* (en inglés *Linnean Society of London*) es una sociedad científica dedicada al estudio y la difusión de la taxonomía. Se fundó en 1788 y debe su nombre al naturalista sueco Carlos Linneo (1707-1778). Su sede se encuentra situada en Burlington House, Piccadilly, Londres.
9 En español, Tubinga. Ciudad alemana, famosa por su universidad, que fue la antigua capital de Württemberg-Hohenzollern.
10 Localidad suburbana en el suroeste de Londres que forma parte del municipio de Londres de Richmond upon Thames.

nota que empecemos a cenar a las siete si él no ha vuelto. Dice que cuando llegue lo explicará.

—Es realmente una lástima dejar que se estropee la comida —dijo el director de un diario muy conocido; y, en seguida, el doctor tocó el timbre.

El psicólogo, el doctor y yo éramos los únicos que habíamos asistido a la comida anterior. Los otros asistentes eran Blank, el mencionado director, un periodista y otro hombre —tranquilo, tímido, con barba— a quien no conocía y que, por lo que pude observar, no habló en toda la noche. En la mesa hicimos algunas conjeturas sobre la ausencia del Viajero del Tiempo y sugerí con discreto humor que estaría viajando a través del tiempo. El director del diario quiso que le explicasen aquello y el psicólogo le hizo con gusto un relato de «la ingeniosa paradoja y del engaño» de que habíamos sido testigos la semana anterior. Estaba en la mitad de su exposición cuando la puerta del corredor se abrió lentamente y sin ruido.

Fui el primero en verlo al estar sentado frente a dicha puerta.

—¡Hola! —dije—. ¡Por fin!

La puerta se abrió del todo y el Viajero del Tiempo se presentó ante todos nosotros. Lancé un grito de sorpresa.

—¡Cielo santo! ¿Qué le pasa amigo? —exclamó el doctor, que lo vio después. Y todos los presentes se volvieron hacia la puerta.

Nuestro anfitrión se presentaba en un estado asombroso. Su chaqueta estaba polvorienta y sucia, manchada de verde en las mangas y su enmarañado pelo me pareció más gris ya sea por el polvo y la suciedad o porque estuviese ahora descolorido. Tenía la cara espantosamente pálida y en su mentón un corte oscuro, a medio cicatrizar; su expresión era ansiosa y descompuesta como por un intenso sufrimiento. Vaciló un instante en el umbral, como si le cegase la luz. Luego entró en la habitación. Vi que andaba exactamente como un cojo que tiene los pies doloridos de vagabundear. Todos le mirábamos en silencio, esperando a que diga algo.

No dijo una palabra, pero se acercó penosamente a la mesa e hizo un ademán hacia el vino. El director del diario llenó una copa de champán y la empujó hacia él. La bebió hasta vaciarla, al parecer sintiéndose mejor. Miró a su alrededor y la sombra de su antigua sonrisa vaciló en su rostro.

—¿Qué ha estado usted haciendo bajo tierra, amigo mío? —dijo el doctor.

El Viajero del Tiempo no pareció oír.

—Permítame que le interrumpa —dijo, con vacilante pronunciación—. Estoy muy bien.

Se detuvo, tendió su copa para que la llenasen de nuevo y la volvió a vaciar.

—Esto sienta bien —dijo. Sus ojos grises brillaron y un ligero color afloró a sus mejillas; su mirada revoloteó sobre nuestros rostros con cierta aprobación, luego recorrió el cuarto caliente y confortable y después habló de nuevo, como buscando las palabras—: Voy a lavarme y a vestirme, luego bajaré y les explicaré todo. Guárdenme un poco de ese carnero. Me muero de hambre y quisiera comer algo.

Vio al director del diario, que rara vez iba a visitarlo y le preguntó cómo estaba. El director inició una pregunta.

—Le contestaré en seguida —dijo el Viajero del Tiempo—. ¡Estoy... raro! Todo marchará bien dentro de un minuto.

Dejó su copa y fue hacia la puerta de la escalera. Noté otra vez su cojera y el ruido pesado de sus pisadas y, levantándome, vi sus pies al salir. Solo llevaba unos calcetines harapientos y manchados de sangre. La puerta se cerró tras él. Tuve intención de seguirle, pero recordé cuánto le disgustaba que se preocupasen por él. Durante un momento estuve ensimismado. Luego oí decir al director del diario:

—«Notable conducta de un eminente sabio» —pensando (según solía) en epígrafes de periódicos. Y esto volvió mi atención hacia la brillante mesa.

—¿Acaso es una broma? —dijo el periodista—. ¿Es que ha estado haciendo de pordiosero aficionado? No lo entiendo.

Tropecé con los ojos del psicólogo y leí mi propia interpretación en su cara. Pensé en el Viajero del Tiempo cojeando penosamente al subir la escalera. Creo que ninguno de los presentes notó su cojera.

El doctor fue el primero en recomponerse por completo de su asombro, que tocó el timbre —el Viajero del Tiempo detestaba tener a los criados esperando durante la comida— para que sirviesen un plato caliente. En ese momento el director cogió su cuchillo y su tenedor con un gruñido y el hombre silencioso siguió su ejemplo. La cena se reanudó. Durante un rato la conversación fue una serie de exclamaciones, con pausas de asombro; y luego el director mostró una intensa curiosidad.

—¿Nuestro amigo aumenta su modesta renta pasando a gente por un vado? ¿O tiene fases de Nabucodonosor[11]? —preguntó.

—Estoy seguro de que se trata de la máquina del tiempo —dije; y reanudé el relato del psicólogo de nuestra reunión anterior.

Los nuevos invitados se mostraron francamente incrédulos. El director del diario planteaba todo tipo de objeciones:

—¿Qué era aquello del viaje por el tiempo? ¿No puede un hombre cubrirse él mismo de polvo revolcándose en un absurdo? —y luego, un tanto avergonzado, recurrió a la caricatura—: ¿No había ningún cepillo de ropa en el futuro?

---

11 Se refiere a Nabucodonosor II (605-562 a.C.), rey de Babilonia, según el libro de Daniel 4, 25-34, pasó por períodos de locura y cordura en castigo por sus pecados e injusticias.

El periodista tampoco quería creer y se unió al director en la fácil tarea de colmar de ridículo la cuestión entera. Ambos eran de esa nueva clase de periodistas jóvenes muy alegres e irrespetuosos.

—Nuestro corresponsal especial para los artículos de pasado mañana... —estaba diciendo el periodista (casi gritando) cuando el Viajero del Tiempo volvió; se había vestido de etiqueta y nada, salvo su mirada ansiosa, quedaba del cambio que me había sobrecogido.

—Dígame —preguntó riendo el director—, estos muchachos cuentan que ha estado usted viajando ¡por la mitad de la semana próxima! Díganos todo lo referente al pequeño Rosebery[12], ¿quiere? ¿Cuánto pide usted por la serie de artículos?

El Viajero del Tiempo fue a sentarse al sitio reservado para él sin pronunciar una palabra. Sonrió tranquilamente a su antigua manera.

—¿Dónde está mi carnero? —dijo—. ¡Qué placer clavar de nuevo un tenedor en la carne!

---

12 Político británico Archibald Philip Primrose, conde de Rosebery (1847-1929). Fue rector de tres universidades británicas, ministro de Asuntos Exteriores y primer ministro de Inglaterra. *Pequeña Rosebery* es una alusión tópica. En 1894, su caballo de carreras, Ladas, realizó la hazaña de ganar tres grandes carreras. El epíteto «pequeño» deriva de la apariencia juvenil de Rosebery.

—¡Eso es un cuento! —exclamó el director.

—¡Maldito cuento! —dijo el Viajero del Tiempo—. Necesito comer algo. No quiero decir una palabra hasta que haya introducido un poco de carne en mi cuerpo. Gracias. Y la sal.

—Una palabra —dije—. ¿Ha estado usted viajando a través del tiempo?

—Sí —dijo el Viajero del Tiempo, con la boca llena, asintiendo con la cabeza.

—Pago la línea a un chelín[13] por una reseña al pie de la letra —dijo el director del diario.

El Viajero del Tiempo empujó su copa hacia el hombre silencioso y la golpeó con la uña. Este, que lo estaba mirando fijamente a la cara, se estremeció convulsivamente y le sirvió vino. El resto de la cena transcurrió embarazosamente. Por mi parte, repentinas preguntas seguían subiendo a mis labios y me atrevo a decir que a los demás les sucedía lo mismo. El periodista intentó disminuir la tensión contando anécdotas. El Viajero dedicaba su atención a la comida, mostrando el apetito de un vagabundo. El

---

13 Moneda usada en el Reino Unido hasta 1971, equivalente a la vigésima parte de una libra esterlina.

doctor fumaba un cigarrillo y contemplaba al Viajero del Tiempo con los ojos entornados. El hombre silencioso parecía más torpe que de costumbre y bebía champán con una regularidad y una decisión evidentemente nerviosas. Al fin el Viajero del Tiempo apartó su plato y nos miró a todos.

—Creo que debo disculparme —dijo—. Estaba simplemente muerto de hambre. He pasado una temporada asombrosa.

Alargó la mano para coger un cigarro y le cortó la punta.

—Pero vengan al salón de fumar. Es un relato demasiado largo para contarlo entre platos grasientos.

Y tocando el timbre al pasar, nos condujo a la habitación contigua.

—¿Ha hablado usted a Blank, a Dash y a Chose de la máquina? —me preguntó, echándose hacia atrás en su sillón y nombrando a los tres nuevos invitados.

—Pero la máquina es una simple paradoja —dijo el director del diario.

—No puedo discutir esta noche. No tengo inconveniente en contarles la aventura, pero no puedo discutirla. Quiero —continuó— relatarles lo que me ha sucedido, si les parece, pero no podréis interrumpirme de ninguna manera. Necesito contar esto. Gran parte de mi relato les sonará a falso. Pero es cierto (palabra por palabra) a pesar de todo. Estaba en mi laboratorio a las cuatro y desde entonces... He vivido ocho días..., ¡unos días tales como ningún ser humano los ha vivido nunca antes! Estoy casi agotado, pero no dormiré hasta que les haya contado esto a ustedes. Entonces me iré a acostar. Pero ¡nada de interrupciones! ¿De acuerdo?

—De acuerdo —dijo el director y los demás hicimos eco:

—«De acuerdo.»

Y así, el Viajero del Tiempo comenzó su relato tal como lo transcribo a continuación. Se echó hacia atrás en su sillón y habló como un hombre rendido. Después se mostró más animado. Al poner esto por escrito siento con mucha agudeza la insuficiencia de la pluma y la tinta y, sobre todo, mi propia incapacidad para expresarlo en su valor.

Supongo que lo leerán con la atención que merece; pero no pueden ver al pálido narrador ni su rostro en el brillante círculo de la lamparita, ni oír el tono de su voz. ¡No pueden ustedes conocer cómo su expresión seguía las fases de su relato! Estábamos en la sombra, pues las bujías del salón de fumar no habían sido encendidas y únicamente estaban iluminadas la cara del periodista y las piernas del hombre silencioso de las rodillas para abajo. Al principio nos mirábamos de vez en cuando unos a otros. Pasado un rato dejamos de hacerlo y contemplamos tan solo el rostro del Viajero del Tiempo.

IV

EL VIAJE A TRAVÉS
DEL TIEMPO

—Ya he hablado a algunos de ustedes el jueves último de los principios de la máquina del tiempo y mostrado el propio aparato tal como estaba entonces, sin terminar, en el taller. Allí está ahora, un poco fatigado por el viaje. Una de las barras de marfil está agrietada y uno de los carriles de bronce, torcido; pero el resto sigue bastante firme. Esperaba haberlo terminado el viernes; pero ese día, cuando el montaje completo estaba casi hecho, me encontré con que una de las barras de níquel era exactamente una pulgada[14] más corta y esto me obligó a rehacerla; por eso el aparato no estuvo acabado hasta esta mañana. Fue entonces a las diez de hoy cuando la primera de todas las máquinas del tiempo comenzó su carrera. Le di un último toque, probé todos los tornillos de nuevo, eché una gota de aceite más en la varilla de cuarzo y me senté en el soporte. Supongo que el suicida que mantiene una pistola contra su cráneo debe de sentir la misma admiración por lo que va a suceder, lo mismo que experimenté entonces. Cogí la palanca de arranque con una mano y la de freno con la otra, apreté con fuerza la primera y casi inmediatamente la segunda. Me pareció tambalearme; tuve una sensación de pesadilla de caída; y mirando alrededor, vi el laboratorio exactamente como antes. Me pregunté si había ocurrido algo. Por un momento temí que mi intelecto me engañaba. Observé el reloj.

---

14 Medida de longitud utilizada principalmente en países anglosajones, como Gran Bretaña y Estados Unidos. Equivale a 25,4 mm.

Un momento antes, eso me pareció, marcaba un minuto casi después de las diez de la mañana, ¡y ahora eran casi las tres y media!

Respiré, apretando los dientes, cogí con las dos manos la palanca de arranque y partí con un crujido. El laboratorio se volvió brumoso y luego oscuro. La señora Watchets, mi ama de llaves, apareció y fue, al parecer sin verme, hacia la puerta del jardín. Supongo que necesitó un minuto para cruzar ese espacio, pero me pareció que iba disparada a través de la habitación como un cohete. Empujé la palanca hasta su posición extrema. La noche llegó como se apaga una lámpara y en otro momento vino la mañana. El laboratorio se volvió difuso y brumoso y luego cada vez más difuso. Llegó la noche de mañana, después el día de nuevo, otra vez la noche; luego, volvió el día y así sucesivamente más y más de prisa. Oía un murmullo vertiginoso y una extraña y silenciosa confusión descendía sobre mi mente.

Me apena no poder transmitir con exactitud las peculiares sensaciones del viaje a través del tiempo. Son extremadamente desagradables. Se experimenta un sentimiento sumamente parecido al que se tiene en las montañas rusas zigzagueantes (¡un irresistible movimiento como si se precipitase uno de cabeza!). Sentí también la misma horrible anticipación de inminente aplastamiento. Cuando emprendí la marcha, la noche seguía al día como el aleteo de un ala negra. La oscura percepción del laboratorio pareció ahora debilitarse en mí y vi el sol saltar rápidamente por el cielo, brincando a cada minuto y cada minuto marcando un día. Supuse que el laboratorio había quedado destruido y que estaba al aire libre. Tuve la impresión de hallarme sobre un andamiaje, pero iba ya demasiado de prisa para tener conciencia de cualquier cosa movible. Hasta el caracol más lento se movía con demasiada velocidad para mí. La centelleante sucesión de oscuridad y de luz era terriblemente dolorosa para los ojos. Luego, en las tinieblas intermitentes vi la luna girando rápidamente a través de sus fases desde la nueva hasta la llena y tuve un débil atisbo de las órbitas de las estrellas. Mientras avanzaba con velocidad creciente, la continua agitación de la noche y del día se fundió en una continua grisura; el cielo tomó una maravillosa intensidad azul, un espléndido y luminoso color como el de un temprano amanecer; el sol saltarín se convirtió en una raya de fuego, en un arco brillante en el espacio, la luna en una débil faja oscilante; y no pude ver nada de estrellas, sino de vez en cuando un círculo brillante fluctuando en el azul.

La vista era nebulosa e incierta. Continuaba colocado en la ladera de la colina sobre la cual está ahora construida esta casa y el saliente se elevaba por encima de mí, gris y confuso. Vi unos árboles crecer y cambiar tan pronto sus colores pardos a verdes: crecían, se desarrollaban, se quebraban y desaparecían. Vi alzarse innumerables edificios y pasar como sueños. La superficie de la tierra parecía cambiada, disipándose y fluyendo bajo mis ojos. Las manecillas sobre los cuadrantes que registraban mi velocidad giraban cada vez más de prisa. Pronto observé que el círculo solar oscilaba de arriba abajo, solsticio a solsticio, en un minuto o menos y que, por consiguiente, mi marcha era de más de un año por minuto; y minuto por minuto la blanca nieve destellaba sobre el mundo y se disipaba, siendo seguida por el verdor brillante y corto de la primavera.

Ahora las sensaciones desagradables de la salida eran menos punzantes. Se fundieron al fin en una especie de hilaridad histérica. Noté, sin embargo, un pesado bamboleo de la máquina, que era incapaz de explicarme. Pero mi mente se hallaba demasiado confusa para fijarse en eso, de modo que, con una especie de locura que aumentaba en mí, me precipité en el futuro. Al principio no pensé en detenerme, no pensé apenas sino en aquellas nuevas sensaciones. Pero pronto una nueva serie de impresiones me vino a la mente —cierta curiosidad y luego cierto temor—, hasta que por último se apoderaron de mí por completo. ¡Qué extraños desenvolvimientos de la humanidad, qué maravillosos avances sobre nuestra rudimentaria civilización, pensé, se me iban a aparecer cuando llegase a contemplar de cerca el fugaz mundo que desfilaba veloz y cambiaba ante mis ojos! Vi una espléndida y gran arquitectura elevarse a mi alrededor, más sólida que cualquiera de los edificios de nuestro tiempo; y, sin embargo, parecía construida de trémula luz y de niebla. Vi un verdor más rico extenderse sobre la colina y permanecer allí sin interrupción invernal. A través del velo de mi confusión, la Tierra parecía muy bella. Y así vino a mi mente la cuestión de detener la máquina.

El riesgo estaba en la posibilidad de encontrarme alguna sustancia en el espacio que ocupábamos la máquina o yo. Mientras viajaba a gran velocidad a través del tiempo, esto importaba poco: el peligro estaba, por decirlo de alguna manera, atenuado, ¡deslizándome como un vapor a través de los entresijos de las sustancias intermedias! Pero detenerme contenía el aplastamiento de mí mismo, molécula por molécula, contra lo que se hallase en mi ruta; significaba poner a mis átomos en tan íntimo contacto con los del obstáculo, que una profunda reacción química —tal vez una explosión de gran alcance— se produciría, lanzándonos a mí y a mi máquina fuera de todas las dimensiones posibles... en lo desconocido. Esta posibilidad se me había ocurrido muchas veces mientras la estaba construyendo; pero entonces la había aceptado alegremente, como un riesgo inevitable, ¡uno de esos riesgos que un hombre tiene que admitir! Ahora que el riesgo era inevitable ya no lo consideraba bajo la misma alegre luz. El hecho es que, insensiblemente, la absoluta rareza de todo aquello, la débil sacudida y el bamboleo de la máquina y sobre todo la sensación de caída prolongada, habían alterado por completo mis nervios. Me dije a mí mismo que no podría detenerme nunca y en un acceso de enojo decidí pararme inmediatamente.

Como un loco impaciente, tiré de la palanca, el aparato se tambaleó y salí despedido de cabeza por el aire.

Hubo un ruido de trueno ensordecedor en mis oídos y debí quedarme aturdido un momento. Me encontré sentado sobre una blanda hierba, frente a la máquina volcada. Todo me pareció gris todavía, pero pronto observé que el confuso ruido en mis oídos había desaparecido. Miré alrededor. Estaba sobre lo que parecía un pequeño prado de un jardín, rodeado de macizos de rododendros[15]; y observé que sus flores malva y púrpura caían como una lluvia bajo el golpeteo de las piedras de granizo. La inquieta y danzarina granizada caía en una pequeña nube sobre la máquina y se moría

---

15 Género de plantas también conocida como azalea.

a lo largo de la tierra como una humareda. En un momento me encontré calado hasta los huesos.

—«Bonita hospitalidad —dije— con un hombre que ha viajado innumerables años para veros.»

En seguida me di cuenta que era estúpido empaparme. Me levanté y miré alrededor. Una figura colosal, esculpida al parecer en una piedra blanca, aparecía confusamente más allá de los rododendros, a través del aguacero brumoso. Pero todo el resto del mundo era invisible.

Sería difícil describir mis sensaciones. Como las columnas de granizo iban disminuyendo, vi la figura blanca más claramente. Parecía muy voluminosa, pues un abedul plateado tocaba sus hombros. Era de mármol blanco, algo parecida en su forma a una esfinge alada; pero las alas, en lugar de llevarlas verticalmente a los lados, estaban desplegadas como si planearan.

El pedestal me pareció que era de bronce y estaba cubierto de un espeso verdín. La cara estaba de frente a mí; los ojos sin vista parecían mirarme; había una débil sonrisa sobre sus labios. Estaba muy deteriorada por el tiempo y tenía un aspecto de desagradable impresión de enfermedad. Permanecí contemplándola unos instantes, medio minuto quizá, o media hora. Parecía avanzar y retroceder según cayese delante de ella el granizo más denso o más espaciado. Por fin aparté mis ojos de ella por un momento y vi que la cortina de granizo aparecía más transparente y que el cielo se iluminaba con la promesa del sol.

Volví a mirar a la figura blanca, agachado y la plena temeridad de mi viaje se me apareció de repente. ¿Qué iba a suceder cuando aquella cortina brumosa se hubiera retirado por completo? ¿Qué podría haberles sucedido a los hombres?

¿Y si la crueldad se había convertido en una pasión común? ¿Y si en ese intervalo la raza había perdido su virilidad, desarrollándose como algo inhumano, indiferente y abrumadoramente potente? Podría parecer algún animal salvaje del viejo mundo, aunque de aspecto semejante, un ser inmundo que habría que matar inmediatamente.

A medida que la tormenta pasaba podía ver otras amplias formas: enormes edificios con intricados parapetos y altas columnas, entre una colina oscuramente arbolada. Me sentí presa del terror y el pánico. Volví frenéticamente hacia la máquina del tiempo y me esforcé penosamente en reajustarla mientras los rayos del sol traspasaron la tronada. El gris aguacero había pasado y se desvaneció como las vestiduras arrastradas por un fantasma. Encima de mí, en el azul intenso del cielo estival, jirones oscuros y ligeros de nubes remolineaban en la nada. Los grandes edificios a mi alrededor se elevaban claros y nítidos, brillantes con la lluvia de la tormenta y resultando blancos por las piedras de granizo sin derretir, amontonadas a lo largo de sus hiladas. Me sentía desnudo en un mundo extraño. Experimenté lo que quizá experimenta un pájaro en el aire claro, cuando sabe que el gavilán vuela y quiere precipitarse sobre él. Mi pavor se tornaba frenético. Hice una larga aspiración, apreté los dientes y luché de nuevo enajenado con la máquina, empleando las muñecas y las rodillas.

Cedió bajo mi desesperado esfuerzo y retrocedió. Golpeó violentamente mi barbilla. Con una mano sobre el asiento y la otra sobre la palanca permanecí jadeando penosamente en actitud de montarme de nuevo.

Recobré mi valor con la esperanza de una pronta retirada. Miré con más curiosidad y menos temor aquel mundo del remoto futuro. Por una abertura circular, muy alta en el muro del edificio más cercano, divisé un grupo de figuras vestidas con ricos y suaves ropajes. Me habían visto y me miraban.

Oí entonces voces que se acercaban. Viniendo a través de los macizos que crecían junto a la Esfinge Blanca, veía las cabezas y los hombros de unos seres corriendo. Uno de ellos surgió de una senda que conducía directamente al pequeño prado en el cual permanecía con mi máquina. Era una ligera criatura —de una estatura quizá de cuatro pies[16]— vestida con una túnica púrpura, ceñida al talle por un cinturón de cuero. Calzaban unas sandalias o coturnos[17] —no pude distinguir claramente lo que eran—; sus piernas estaban desnudas hasta las rodillas y su cabeza al aire. Al observar esto, me di cuenta por primera vez de lo cálido que era el aire.

Me impresionó la belleza y la gracia de aquel ser, aunque me chocó también su fragilidad in-

---

16 Cuatro pies: 1,21 metros.
17 En la antigua Grecia y Roma, calzado de suela de madera o corcho que llegaba hasta la pantorrilla.

descriptible. Su cara sonrosada me recordó mucho la clase de belleza de los tísicos[18], esa belleza hética[19] de la que tanto hemos oído hablar. Al verle recobré de pronto la confianza. Aparté mis manos de la máquina.

18 La romantización de la tuberculosis, también llamada "peste blanca", con su aspecto tísico —la palidez casi lechosa de la piel, las ojeras marcadas, la expresión lánguida y triste— era el símbolo de una vulnerabilidad que se convirtió en el aspecto ideal de la mujer en la segunda mitad del siglo XIX, la llamada belleza hética.
19 Belleza hética: transfiguración literaria de la romantización de la tuberculosis.

V

En la edad de oro[20]

En seguida estuvimos cara a cara, aquel ser frágil y yo, más allá del futuro. Vino directamente hacia mí y se echó a reír en mis narices. De inmediato me impresionó la ausencia en su expresión de todo signo de miedo. Luego se volvió hacia los otros dos que le seguían y les habló en una lengua extraña muy dulce y armoniosa.

---

20 El término «edad de oro» proviene de la mitología griega y se refiere a la etapa inicial de las edades del hombre en la que gozaron de una vida justa, feliz, pura e inmortal.

Pronto acudieron otros más y al momento estaba rodeado de un pequeño grupo de unos ocho o diez de aquellos exquisitos seres. Uno de ellos se dirigió a mí. Se me ocurrió, de un modo bastante singular, que mi voz era demasiado áspera y profunda para ellos. Por eso moví la cabeza y, señalando mis oídos, la volví a mover. Dio un paso hacia delante, vaciló y luego tocó mi mano. Sentí otros suaves tentáculos sobre mi espalda y mis hombros. Querían comprobar si era un ser real. Nada me parecía alarmante. Estas lindas gentes tenían algo que inspiraba confianza: una graciosa dulzura, cierta naturalidad infantil y parecían tan frágiles, que me imaginé a mí mismo derribando una docena como si fuesen bolos. Pero cuando vi sus manitas rosadas palpando la máquina del tiempo hice un movimiento rápido.

Por fortuna no era demasiado tarde. Me di cuenta del peligro del que me había olvidado hasta aquel momento y, tomando las barras de la máquina, desprendí las pequeñas palancas que la habían puesto en movimiento y las guardé en mi bolsillo. Luego intenté hallar el medio de comunicarme con ellos.

Viendo más de cerca sus rasgos, percibí nuevas particularidades en su tipo de belleza, muy de porcelana de Dresden[21]. Su pelo estaba completamente rizado y terminaba en punta sobre el cuello y las mejillas; no se veía vello en su cara y sus orejas eran particularmente menudas. Las pequeñas bocas, de un rojo brillante y de labios más bien delgados y las barbillas reducidas, acababan en punta. Tenían los ojos grandes y serenos. Pero entonces, egoístamente, sentí que les faltaba algo del interés que había esperado encontrar en ellos.

Inicié la conversación al ver que no se esforzaban en comunicarse conmigo, simplemente me rodeaban, sonriendo y hablando entre ellos en suave susurro. Señalé hacia la máquina del tiempo y hacia mí mismo. Luego, vacilando un momento sobre cómo expresar la idea de tiempo, indiqué el Sol con el dedo. Inmediatamente una figura pequeña, lindamente arcaica, vestida con una esto-

---

21 Ciudad de Sajonia (Alemania Oriental) conocida por su cerámica de alta calidad, donde el físico alemán Ehrenfried Walter von Tschirnaus (1651-1700) obtuvo por primera vez en Europa la cerámica dura mencionada por Wells.

fa[22] blanca y púrpura, siguió mi gesto y, después, me dejó atónito imitando el ruido del trueno.

Me quedé atónito ante su gesto y una pregunta se me ocurrió bruscamente: ¿estaban locos aquellos seres? Les sería difícil a ustedes comprender cómo se me ocurrió aquello. Siempre he previsto que las gentes del año 802 000 y algo nos adelantarían increíblemente en conocimientos, arte, en todo. Y, en cambio, uno de ellos me hacía una pregunta que demostraba que su nivel intelectual era el de un niño de cinco años, que me preguntaba en realidad ¡si había llegado del Sol con la tormenta! Esto alteró la primera opinión que me había formado de ellos por sus vestiduras, sus miembros frágiles y ligeros y sus delicadas facciones. Una oleada de desengaño cayó sobre mi mente. Durante un momento sentí que había construido la máquina del tiempo en vano.

Señalando hacia el Sol con la cabeza interpreté tan gráficamente un trueno que los hice estremecer. Se apartaron unos pasos y se inclinaron.

---

22 Se llama estofa a cualquier tejido de seda o lana con labores de figuras formadas por el mismo tejido.

Entonces uno de ellos avanzó riendo hacia mí, llevando una guirnalda de bellas flores, desconocidas por mí por completo y me la puso al cuello. La idea fue recibida con un melodioso aplauso; y en seguida todos empezaron a correr de una parte a otra cogiendo flores; y, riendo, me las arrojaban hasta que estuve casi asfixiado bajo el amontonamiento. No podéis imaginar qué flores delicadas y maravillosas han creado innumerables años de cultura. Al terminar de arrojarme la última flor, uno de ellos sugirió que su juguete debía ser exhibido en el edificio más próximo. Me llevaron más allá de la esfinge de mármol blanco —que asombrosamente parecía haber estado mirándome entretanto con una sonrisa— hacia un amplio edificio gris de piedra desgastada. Mientras iba con ellos, volvió a mi mente el recuerdo de mis confiadas anticipaciones de una posteridad hondamente seria e intelectual.

El edificio era de colosales dimensiones y tenía una enorme entrada. Naturalmente estaba muy ocupado por la creciente multitud de gentes menudas y por las grandes puertas que se abrían ante mí sombrías y misteriosas. Mi impresión general del mundo que veía sobre sus cabezas era la de un confuso derroche de hermosos arbustos y de flores, de un jardín largo tiempo descuidado y, sin embargo, sin malas hierbas. Divisé una cantidad abundante de extrañas flores blancas con tallos altos, que medían quizá un pie[23] en sus pétalos de cera extendidos. Crecían desperdigadas, silvestres, entre los numerosos arbustos, pero, en ese momento, no pude examinarlas de cerca. La máquina del tiempo quedó abandonada sobre la hierba, entre los rododendros.

El arco de la entrada estaba ricamente esculpido con hermosas esculturas. Me pareció vislumbrar indicios de antiguos adornos fenicios al pasar —no pude observar desde muy cerca— y me sorprendió que estuvieran muy rotos y deteriorados por el tiempo. Vinieron a mi encuentro en la puerta varios seres brillantemente ataviados y me invitaron a entrar. Llevaba puestas mis deslucidas ropas del siglo XIX, que me daban un aspecto bastante grotesco, enguirnalda-

---

23 Un pie: 30 cm.

do de flores y rodeado de una masa de vestidos alegres y suavemente coloridos y de miembros tersos y blancos en un melodioso corro de risas y de alegres palabras.

La enorme puerta daba a un vestíbulo relativamente grande, tapizado de colores oscuros. El techo estaba en la sombra y las ventanas, en parte de cristales de colores y en parte desprovistas de ellos, dejaban pasar una suave luz. El suelo estaba hecho de inmensos bloques de un metal muy duro, no de planchas ni de losas; seguramente debía estar tan desgastado por el ir y venir de pasadas generaciones, debido a los hondos surcos que había a lo largo de los caminos más frecuentados. Transversalmente a su longitud había innumerables mesas hechas de losas de piedra pulida poco elevadas del suelo y repletas de extrañas frutas. Reconocí algunas como una especie de frambuesas y naranjas hipertrofiadas, pero la mayoría eran muy raras.

Entre las mesas había esparcidos numerosos cojines. Mis guías se sentaron sobre ellos, indicándome que hiciese lo mismo. Sin rastro de ceremonia, comenzaron a comer las frutas con sus manos, arrojando las pieles, las pepitas y lo demás, dentro de unas aberturas redondas que había a los lados de las mesas. No dudé en seguir su ejemplo, pues me sentía sediento y hambriento. Mientras lo hacía, observé el vestíbulo con detenimiento.

Y quizá la cosa que me chocó más fue su aspecto ruinoso. Los cristales de color, que mostraban un solo modelo geométrico, estaban rotos en muchos sitios y las cortinas que colgaban sobre el extremo inferior aparecían cubiertas de polvo. La esquina de la mesa de mármol, cercana a mí, descubrí que estaba rota. No obstante, el efecto general era de suma suntuosidad y muy pintoresco. Quizá había un par de centenares de personas comiendo en el vestíbulo; y muchas de ellas, sentadas tan cerca de mí como podían, me contemplaban con interés, brillándoles los pequeños ojos sobre el fruto que comían. Todas estaban vestidas con la misma tela suave, sedeña[24] y, sin embargo, fuerte.

La fruta constituía todo su régimen alimenticio.

---

24 De seda o semejante a ella.

Aquella gente del remoto futuro era estrictamente vegetariana y mientras estuve con ella, pese a algunos deseos carnívoros, tuve que ser frugívoro.

Luego descubrí que los caballos, el ganado, las ovejas, los perros, habían seguido al ictiosaurio[25] en su extinción. Pero las frutas eran en verdad deliciosas; una en particular, que pareció estar en sazón durante todo el tiempo que permanecí allí —harinosa de envoltura triangular—, era especialmente sabrosa y la convertí en mi alimento habitual. En un principio me desconcertaban todas aquellas extrañas frutas y las flores raras que veía, pero después empecé a comprender su importancia.

En cuanto calmé un poco mi apetito, decidí hacer una enérgica tentativa para aprender el lenguaje de mis nuevos compañeros. Evidentemente era lo primero que debía hacer. Las frutas parecían un objeto adecuado para iniciar el aprendizaje y, cogiendo una cualquiera, la levanté esbozando una serie de sonidos y de gestos interrogativos. Fue muy difícil dar a entender mi propósito. Al

---

25 Reptil fósil marino de tamaño gigantesco del período Jurásico.

principio mis intentos se encontraron con unas miradas fijas de sorpresa o con risas inextinguibles, pero una criatura de cabellos rubios pareció captar mi intención y repitió un nombre. Charlaron y se explicaron largamente la cuestión unos a otros y mis primeras tentativas de imitar los exquisitos y suaves sonidos de su lenguaje produjeron una enorme, ingenua y atrevida diversión a mi costa. Sin embargo, me sentí un maestro de escuela rodeado de niños, así que insistí y conté con una veintena de sustantivos, por lo menos, a mi disposición; luego llegué a los pronombres demostrativos e incluso al verbo «comer». Pero era una tarea lenta y aquellos pequeños seres pronto se cansaron y quisieron huir de mis interrogaciones. Por necesidad tuve que decidir dejar que impartiesen sus lecciones en pequeñas dosis cuando se sintieran inclinados a ello. Y me di cuenta de que tenía que ser en dosis muy pequeñas, pues jamás he visto gente más indolente ni que se agotase con mayor facilidad.

VI

EL OCASO DE LA HUMANIDAD

En seguida descubrí una cosa muy extraña en relación con mis pequeños huéspedes: su falta de interés. Venían a mí con gritos ávidos de asombro, como niños; pero al poco de examinarme se apartaban para ir en busca de algún otro juguete. Terminadas la comida y mis tentativas de conversación, observé por primera vez que casi todos los que me rodeaban al principio se habían ido. Y resulta también extraño lo rápido que llegué a no hacer caso de aquella gente menuda. Una vez satisfecha mi hambre, crucé la puerta y me encontré de nuevo a la luz del sol del mundo. Continuamente encontré más grupos de aquellos hombres del futuro, me seguían a corta distancia, parloteando y riendo a mi costa y una vez que me habían sonreído y hecho gestos de una manera amistosa, me dejaban entregado a mis propios pensamientos.

Cuando salí del gran vestíbulo, la calma de la noche se extendía sobre el mundo y la escena estaba iluminada por el cálido resplandor del sol poniente. Al principio las cosas aparecían muy confusas. Todo era completamente distinto del mundo que conocía; hasta las flores. El enorme edificio que acababa de abandonar estaba situado sobre la ladera de un valle por el que corría un ancho río; pero el Támesis[26] había sido desviado, a una milla[27] aproximadamente de su actual posición. Decidí subir a la cumbre de una pequeña colina cercana desde donde podría tener una amplia vista de nuestro planeta en el año 802 701.

---

26 Es el segundo río en longitud de Gran Bretaña. Atraviesa la ciudad Londres.
27 Una milla: 1,6 km.

Esta era la fecha que señalaban los pequeños cuadrantes de mi máquina.

Mientras caminaba, estaba alerta a cualquier tipo de impresión que pudiera explicarme el estado de ruinoso esplendor en que encontré al mundo. En un pequeño sendero que ascendía a la colina, por ejemplo, había un amontonamiento de granito, ligado por masas de aluminio, un amplio laberinto de murallas escarpadas y de piedras desmoronadas, entre las cuales crecían espesos macizos de bellas plantas en forma de pagoda[28] —ortigas probablemente—, pero de hojas maravillosamente coloridas de marrón y que no pinchaban. Evidentemente eran los restos abandonados de alguna gran construcción, aunque aún no podía determinar con qué fin había sido erigida. Era allí donde estaba destinado, en una fecha posterior, a llevar a cabo una experiencia muy extraña —primer indicio de un descubrimiento más extraño aún—, pero de la cual hablaré cuando llegue el momento oportuno.

---

28 Que tiene forma de torre más o menos piramidal constituida por pisos o elementos similares superpuestos y separados por cornisas o tejados en varias vertientes.

Desde una terraza en la cual descansé un rato, miré alrededor con un súbito pensamiento y me di cuenta de que no había ninguna casa pequeña. Al parecer, la mansión y probablemente la casa de familia, habían desaparecido. Aquí y allá entre la vegetación había edificios semejantes a palacios, pero la casa normal y la de campo, que prestan unos rasgos tan característicos a nuestro paisaje inglés, habían desaparecido.

—«Es el comunismo» —dije para mí.

Y mis pensamientos no paraban de venir. Miré la media docena de figuritas que me seguían. Entonces, en un relámpago, percibí que todas tenían la misma forma de vestido, la misma cara imberbe y suave y la misma morbidez femenil de miembros. Podrá parecer extraño, quizá, que no hubiese notado todo aquello antes. Pero ¡era todo tan extraño! Ahora veo el hecho con plena claridad. En el vestido y en todas las diferencias de contextura y de porte que marcan hoy la distinción entre ambos sexos, aquella gente del futuro era idéntica. Y los hijos me parecían ser las miniaturas de sus padres. Pensé entonces que los niños de aquel tiempo eran sumamente precoces, al menos físicamente y pude después comprobar ampliamente mi opinión.

Observando la desenvoltura y la seguridad en que vivían aquellos seres, comprendí que aquel estrecho parecido de los sexos era, después de todo, lo que podía esperarse; pues la fuerza de un hombre y la delicadeza de una mujer, la institución de la familia y la diferenciación de ocupaciones son simples necesidades militantes de una edad de fuerza física. Allí donde la población es equilibrada y abundante, muchos nacimientos llegan a ser un mal más que un beneficio para el Estado; allí donde la violencia es rara y la prole es segura, hay menos necesidad —o realmente no existe la necesidad— de una familia eficaz y la diferenciación de los sexos con referencia a las necesidades de sus hijos desaparece. Vemos algunos indicios de esto hasta en nuestro propio tiempo y en ese extraño futuro era un hecho consumado. Les recuerdo que estas conjeturas, las hacía en aquel momento. Después, iba a poder apreciar cuán lejos estaba de la realidad.

Mientras estaba meditando sobre estas cosas, atrajo mi atención una pequeña y linda construcción, parecida a un pozo bajo una cúpula. Pensé de modo pasajero en la singularidad de que existiese aún un pozo y luego reanudé el hilo de mis teorías. No había grandes edificios hasta la cumbre de la colina y corno mis facultades motrices eran evidentemente milagrosas, pronto me encontré solo por primera vez. Con una extraña sensación de libertad y de aventura avancé hacia la cumbre.

Encontré un asiento hecho de un metal amarillo, que no reconocí, en algunas partes estaba corroído por una especie de orín[29] rosado y semicubierto de un musgo blando; tenía los brazos vaciados y pulidos en forma de cabezas de grifo. Me senté y contemplé la amplia visión de nuestro viejo mundo bajo el sol poniente de aquel largo día. Era uno de los más bellos y agradables espectáculos que he visto nunca. El sol se había puesto ya por debajo del horizonte y el oeste era de oro llameante, tocado por algunas barras horizontales de púrpura y carmesí. El valle del Támesis es-

---

29 Óxido de color castaño rojizo que se suele formar en la superficie del hierro.

taba por debajo, donde el río se extendía similar a una banda de acero pulido. Ya les he hablado de los grandes palacios que despuntaban entre el uniforme verde, algunos abandonados y en ruinas y otros todavía ocupados. Por todas partes surgía una figura blanca o plateada en el devastado jardín de la tierra, aquí y allá aparecía la afilada línea vertical de alguna cúpula u obelisco. No había vallas, ni señales de derechos de propiedad, ni muestras de la más mínima agricultura; la Tierra entera se había convertido en un jardín.

Gracias a haber podido contemplar este nuevo mundo, comencé a urdir mi interpretación acerca de todo lo que había visto y dada la forma que tomó para mí aquella noche, mi interpretación fue algo así —después vi que había encontrado solo una semiverdad, o vislumbrado únicamente una faceta de la verdad—:

«Me pareció encontrarme en la decadencia de la humanidad. El ocaso rojizo me hizo pensar en el ocaso de la humanidad. Por primera vez empecé a comprender una singular consecuencia del esfuerzo social en que esta-

mos ahora comprometidos. Y sin embargo, créanlo, esta es una consecuencia bastante lógica. La fuerza es el resultado de la necesidad; la seguridad establece un premio a la debilidad. La obra de mejoramiento de las condiciones de vida —el verdadero proceso civilizador que hace la vida cada vez más segura— había avanzado constantemente hacia su culminación. Un triunfo de una humanidad unida sobre la naturaleza había seguido a otro.»

En este mundo del futuro veía el fruto de haber emprendido y llevado adelante deliberadamente proyectos que en mi época son eran sueños. ¡Podía verlo sin ninguna duda!

Después de todo, en nuestro tiempo, la salubridad y la agricultura se hallan aún en una etapa rudimentaria. La ciencia solo ha atacado una pequeña división del campo de las enfermedades humanas, pero, aun así, extiende sus operaciones de modo constante y persistente. Nuestra agricultura y nuestra horticultura destruyen una mala hierba aquí y allá y solo cultivan un porcentaje muy pequeño de plantas saludables, dejando que la mayoría luche por equilibrarse como pueda. Gradualmente mejoramos nuestras plantas y nuestros animales favoritos —que realmente son muy pocos—, por vía selectiva; un melocotón mejor, unas uvas sin pepita, una flor más grande y perfumada, una raza de ganado vacuno más conveniente. Los vamos mejorando gradualmente, porque nuestros ideales son vagos y tanteadores y nuestro conocimiento muy limitado, por este motivo la naturaleza se comporta de manera tímida y lenta en nuestras manos, todavía un poco torpes. Algún día el hombre logrará que todo esto esté mejor organizado y será incluso mejorado. Esta es la dirección de la corriente a pesar de la lentitud de nuestra evolución.

El mundo entero será inteligente, culto y servicial; las cosas se moverán más y más de prisa hacia la sumisión de la naturaleza. Al final, con sabiduría y cuidado, reajustaremos el equilibrio de la vida animal y vegetal para adaptarlas a nuestras necesidades humanas.

He pensado que este reajuste debe haber sido hecho y bien hecho, supongo que realmente para siempre, en el espacio de tiempo que mi máquina y yo habíamos saltado.

En el aire no se veían mosquitos, la tierra estaba libre de malas hierbas y de hongos; por todas partes crecían frutas y flores deliciosas; brillantes mariposas revoloteaban libres por todo el cielo. El ideal de la medicina preventiva estaba alcanzado. Las enfermedades, suprimidas. Durante toda mi estancia allí no vi ningún indicio de enfermedad contagiosa. Y ya les contaré más adelante que hasta el proceso de la putrefacción y de la vejez había sido profundamente afectado por aquellos cambios.

También se habían conseguido triunfos sociales. Veía la humanidad alojada en espléndidas moradas, suntuosamente vestida; no obstante, no había encontrado aquella gente ocupada en ninguna faena. No se vislumbraba ningún signo de lucha, ni social ni económica. La tienda, el anuncio, el tráfico, todo ese comercio que constituye la realidad del mundo que conocemos hoy, había desaparecido.

Era natural que en aquella noche preciosa me apresurase a aprovechar la idea de un paraíso social. Supongo que la dificultad del aumento de la población había sido resuelta y, por ende, la población cesó de aumentar.

No podía dejar de pensar en las consecuencias que arrastran semejante cambio de condición y las inevitables adaptaciones a dicho cambio. A menos que la ciencia biológica sea un montón de errores, ¿cuál es la causa de la inteligencia y del vigor humanos? Las penalidades y la libertad: condiciones bajo las cuales el ser activo, fuerte y apto, sobrevive y el débil sucumbe; condiciones que recompensan la alianza leal de los hombres capaces basadas en la autocontención, la paciencia y la decisión. Y la institución de la familia y las emociones que conllevan, los celos despiadados, la ternura que desarrollamos por los hijos, la abnegación innata de los padres, todo ello encuentra su justificación y su apoyo en los peligros inminentes que amenazan a los jóvenes. Ahora que todo ha cambiado, ¿existen esos peligros inminentes? Se origina aquí un sentimiento que crecerá contra los celos conyugales, contra la maternidad feroz, contra toda clase de pasiones; cosas inútiles ahora, cosas que nos hacen sentirnos molestos, supervivientes salvajes y discordantes en una vida refinada y grata.

Pensé en la pequeñez física de estos seres, en su falta de inteligencia, en aquellas enormes y profundas ruinas; y esto consolidó mi creencia en una conquista perfecta de la naturaleza. Porque después de la batalla viene la calma. La humanidad había sido fuerte, enérgica e inteligente y había utilizado su abundante vitalidad para modificar las condiciones bajo las cuales vivía. Y ahora llegaban las consecuencias de aquellas condiciones cambiadas.

Pero bajo las nuevas condiciones de bienestar y de seguridad perfectos, esa bulliciosa energía, que es nuestra fuerza, llegaría a ser debilidad. Hasta en nuestro tiempo ciertas inclinaciones y deseos, en otro tiempo necesarios para sobrevivir, son un constante origen de fracaso. Para el hombre civilizado —pueden incluso ser obstáculos— la valentía física y el amor al combate, por dar un ejemplo, no representan una gran ayuda. Y estaría fuera de lugar la potencia, tanto intelectual como física, en un estado de equilibrio físico y de seguridad.

No tenía ninguna duda de que durante muchos años no había habido ningún peligro de violencia o de guerra, o de fieras, o ninguna enfermedad que haya requerido una constitución vigorosa, ni necesitado un trabajo continuo.

Para una vida tal, los que llamaríamos débiles se encontrarían en igual de condiciones que los que llamaríamos fuertes. Mejor equipados en realidad, pues los fuertes estarían agotados por una energía para la cual no hay en qué descargarla.

No dudaba que la belleza exquisita de los edificios que se levantaban por allí era el fruto de las últimas agitaciones de la energía de la humanidad, antes de disfrutar de la perfecta armonía con las condiciones bajo las cuales vivía ahora: el florecimiento de ese triunfo que fue el comienzo de la última gran paz. Esta ha sido siempre la suerte de la energía en seguridad; se consagra al arte y al erotismo y luego vienen la languidez y la decadencia.

Veía que hasta el impulso artístico deberá desaparecer al final y, por lo que pude observar, casi había desaparecido. Ellos mismos se adornaban con flores, danzaban, cantaban al sol; esto era lo único que quedaba del espíritu artístico. Nada más. Y desaparecería al final, dando lugar a una satisfecha inactividad. Somos afilados constantemente sobre la muela del dolor y de la necesidad y, según mi opinión, ¡aquella muela se rompía al fin en este lugar!

Permanecí entre las condensadas tinieblas, dominando el secreto entero de aquel pueblo delicioso, pensando que con esta simple explicación había dominado el problema del mundo. Quizá los obstáculos ideados por ellos para detener el aumento de población en lugar de permanecer estacionario, había más bien disminuido. Esto hubiese explicado aquellas ruinas abandonadas. Mi explicación era muy sencilla y bastante aceptable, ¡como la mayoría de las teorías equivocadas!

VII

Una conmoción repentina

La luna llena, amarilla y brillante, salió entre un desbordamiento de luz plateada, al nordeste, mientras permanecía meditando sobre este triunfo demasiado perfecto del hombre. Las brillantes figuritas cesaron de moverse debajo de mí, un búho silencioso revoloteó y me estremecí con el frío de la noche. Decidí que era hora de descender y buscar un sitio donde poder dormir.

Con los ojos busqué el edificio que conocía. Luego mi mirada pasó a lo largo de la figura de la Esfinge Blanca sobre su pedestal de bronce, cada vez más visible a medida que la luz de la luna que ascendía se hacía más brillante.

Podía ver el plateado abedul enfrente. Había allí, por un lado, el macizo de rododendros, negro en la pálida claridad y por el otro la pequeña pradera, que volví a contemplar. Una extraña duda me consternó.

—«No —me dije con determinación—, esa no es la pradera.»

Pero era la pradera. La descolorida faz leprosa de la esfinge estaba mirando hacia allí. ¡La máquina del tiempo había desaparecido! ¿Podrían imaginar lo que sentí cuando tuve la plena certeza de que se trababa de la misma pradera? No podrían.

De pronto, como un latigazo en la cara, se me ocurrió la posibilidad de perder mi propia época, de quedar abandonado e impotente en aquel extraño nuevo mundo. Solo el pensarlo representaba una verdadera sensación física. Sentía que me agarraba por la garganta, cortándome la respiración. Un momento después sufrí un ataque de pánico y con largas zancadas corrí hacia la pradera. En seguida tropecé, caí de cabeza y me hice un corte en la cara; no perdí el tiempo en detener la sangre, me puse en pie y seguí corriendo, mientras me escurría la sangre caliente por la mejilla y el mentón. Y mientras corría me iba diciendo a mí mismo:

—«La han movido un poco, la han empujado debajo del macizo, fuera del camino.»

Sin embargo, corría con toda la rapidez que me era posible. Todo el tiempo, con la certeza que algunas veces acompaña a un miedo excesivo, sabía que tal seguridad era una locura, sabía instintivamente que la máquina había sido trasladada fuera de mi alcance. Respiraba trabajosamente. Supongo que recorrí la distancia entera desde la cumbre de la colina hasta la pradera, dos millas aproximadamente, en diez minutos. Y ya no soy un joven. Mientras iba corriendo maldecía en voz alta mi absurda confianza, derrochando así el poco aliento que tenía.

Gritaba muy fuerte y nadie contestaba. Ningún ser parecía darse por enterado en aquel mundo iluminado por la luna.

Cuando por fin llegué a la pradera mis peores temores se hicieron realidad. No se veía el menor rastro de la máquina. Me sentí desfallecido y helado cuando estuve frente al espacio vacío, entre la negra espesura de los arbustos. Corrí con furia alrededor, como si la máquina pudiera estar oculta en algún rincón y luego me detuve en seco, agarrándome el pelo con las manos. Por encima de mí sobresalía la esfinge sobre su pedestal de bronce, blanca, brillante, leprosa, bajo la luz de la luna ascendente. Parecía reírse burlonamente de mi angustia.

Teniendo la seguridad de la incapacidad física e intelectual de los pequeños seres, era imposible consolarme a mí mismo imaginando que habían llevado el aparato a algún refugio. Esto era lo que me acongojaba: la sensación de algún poder insospechado hasta ese momento, por cuya intervención mi invento había desaparecido. Sin embargo, estaba seguro de una cosa: salvo que alguna otra época hubiera construido un duplicado exacto, la máquina no podía haberse movido a través del tiempo. Una vez quitadas las conexiones de las palancas —les mostraré después el sistema— impiden que de ninguna manera nadie pueda ponerla en movimiento.

Había sido transportada y escondida solamente en el espacio. Pero, entonces, ¿dónde podía estar?

Creo que debí ser presa de una especie de frenesí. Recuerdo haber recorrido violentamente por dentro y por fuera, a la luz de la luna, todos los arbustos que rodeaban a la esfinge y asustado en la incierta claridad a algún animal blanco al que tomé por un cervatillo.

También recuerdo, cuando la noche estaba muy avanzada, haber golpeado las matas con mis puños cerrados hasta que mis articulaciones quedaron heridas y sangrantes por las ramas partidas. Luego, sollozando y delirando en mi angustia de espíritu, descendí hasta el gran edificio de piedra. El enorme vestíbulo estaba oscuro, silencioso y desierto. Resbalé sobre un suelo desigual y caí encima de una de las mesas de malaquita, casi rompiéndome la espinilla. Encendí una cerilla y penetré al otro lado de las cortinas polvorientas de las que les he hablado.

Allí encontré un segundo gran vestíbulo cubierto de cojines, sobre los cuales dormían como una veintena de los pequeños seres. No cabe duda de que encontraron mi segunda aparición muy extraña ya que surgía de forma repentina de la tranquila oscuridad con ruidos inconexos y el chasquido y la llama de una cerilla. Porque ellos habían olvidado lo que eran las cerillas.

—«¿Dónde está mi máquina del tiempo?» —chillé como un niño furioso, asiéndolos y sacudiéndolos al mismo tiempo.

Debió parecerles muy raro aquello. Algunos rieron, pero la mayoría parecieron dolorosamente espantados. Cuando vi que formaban un círculo a mi alrededor, se me ocurrió que estaba haciendo una cosa tan necia como era posible hacerla en aquellas circunstancias, intentando revivir la sensación de miedo. Porque razonando conforme a su comportamiento a la luz del día, llegué a la conclusión de que el miedo debía estar olvidado.

Con un movimiento brusco tiré la cerilla. Chocando con algunos de aquellos seres en mi camino, crucé desatinado el enorme comedor hasta llegar afuera bajo la luz de la luna. Oí gritos de terror y sus pequeños pies corriendo y tropezando aquí y allá. No recuerdo todo lo que hice mientras la luna ascendía por el cielo. Supongo que era la circunstancia inesperada de mi pérdida lo que me enloquecía. Me sentía desesperanzado, separado de mi propia especie, como un extraño animal en un mundo desconocido. Seguramente estuve desvariando de un lado para otro, chillando y protestando contra Dios y el destino. Mientras la larga noche de desesperación transcurría, mi cuerpo sintió una horrible fatiga; remiré por todos los sitios y hasta por los imposibles; anduve a tientas entre las ruinas iluminadas por la luna, toqué criaturas extrañas en las negras sombras y, por último, me tendí sobre la tierra junto a la esfinge, llorando por mi absoluta desdicha, pues hasta la ira por haber cometido la locura de abandonar la máquina y mis fuerzas habían desaparecido.

Solo me quedaba mi desgracia. Luego me dormí y cuando desperté otra vez era ya muy de día y una pareja de gorriones brincaba a mi alrededor sobre la hierba, al alcance de mi mano.

Al frescor de la mañana me senté, intentando recordar cómo había llegado hasta allí y por qué experimentaba una tan profunda sensación de abandono y desesperación. Por fin pude aclarar y razonar las cosas en mi mente. Con la clara luz del día, podía considerar de frente mis circunstancias.

Pude razonar conmigo mismo y me di cuenta de la enorme locura cometida en mi frenesí de la noche anterior.

—«¿Suponer lo peor? —me dije—. ¿Suponer que la máquina está enteramente perdida, destruida, quizá? Lo importante es estar tranquilo, ser paciente, aprender la manera de ser de estos seres, adquirir una idea clara de cómo se ha perdido mi aparato y los medios de conseguir materiales y herramientas; a fin de poder, al final, construir tal vez otro.»

Aquella tenía que ser mi única esperanza, tal vez mísera, pero mejor que la desesperación. Y, después de todo, era aquel un mundo bello y curioso.

Pero probablemente la máquina solo había sido arrebatada. Aun así, debía mantenerme sereno, tener paciencia, buscar el sitio del escondite y recuperarla como sea, por la fuerza o con astucia. Y con esto me puse en pie rápidamente y miré a mi alrededor, preguntándome dónde podría lavarme. A causa del viaje me sentía fatigado, entumecido y sucio. El frescor de la mañana hizo que desee una frescura igual. Mi emoción estaba agotada. Realmente, buscando lo que necesitaba, sentí un gran asombro de mi intensa excitación de la noche anterior. Examiné cuidadosamente el suelo de la praderita. Perdí un rato en inútiles preguntas dirigidas lo mejor que pude a aquellos pequeños seres que se acercaban. Todos fueron incapaces de comprender mis gestos; algunos se mostraron simplemente estúpidos; otros creyeron que era una broma y se rieron en mis narices. Tuve que contenerme para no golpearlos. Era un loco impulso, pero el demonio engendrado por el miedo y la ira ciega estaba mal contenido y ansioso de aprovecharse de mi perplejidad. Encontré unos surcos marcados en la hierba que me dieron una pista de dónde podía estar mi máquina. A mitad de camino aproximadamente entre el pedestal de la esfinge y las huellas de pasos de mis pies de mi llegada, había alrededor otras señales de traslación, con extrañas y estrechas huellas de pasos tales que las pude creer hechas por un perezoso. Esto dirigió mi atención más cerca del pedestal que, como ya les he mencionado anteriormente, era de bronce. No se trataba de un simple bloque, sino que estaba ambiciosamente adornado con unos paneles hondos a cada lado.

Me acerqué a golpearlos. El pedestal era hueco. Examinando los paneles minuciosamente, observé que quedaba una abertura entre ellos y el marco. No había ni asas ni cerraduras, pero era posible que aquellos paneles, si eran puertas como suponía, se abriesen hacia dentro. Una cosa aparecía clara a mi inteligencia. No necesité un gran esfuerzo mental para deducir que mi máquina del tiempo estaba dentro de aquel pedestal. Pero cómo había llegado hasta allí era un dilema diferente.

Vi venir hacia mí las cabezas de dos seres vestidos de color naranja, entre las matas y bajo unos manzanos cubiertos de flores. Me volví a ellos sonriendo y llamándoles por señas. Llegaron a mi lado y, señalando el pedestal de bronce, intenté darles a entender mi deseo de abrirlo. Pero ante mis gestos se comportaron de un modo muy extraño. No sé cómo describir la expresión que pusieron. Les diré que guardaba una gran similitud con la actitud que adoptaría una dama de fino temperamento al hacerle unos gestos groseros e impropios. Se alejaron como si hubiesen recibido el último insulto. Intenté una amable mímica parecida ante un pequeño vestido de blanco, pero obtuve el mismo resultado exactamente. De un modo u otro su actitud me dejó avergonzado de mí mismo. Pero, como ustedes comprenderán, deseaba recuperar la máquina del tiempo e hice una nueva tentativa. Cuando le vi a este dar la vuelta, como los otros, predominó mi mal humor. En tres zancadas le alcancé, le cogí por la parte suelta de su vestido alrededor del cuello y le empecé a arrastrar hacia la esfinge. Entonces vi tal horror y tal repugnancia en su rostro que le solté de repente.

Pero no quería declararme vencido aún. Golpeé con los puños los paneles de bronce. Creí oír algún movimiento dentro —en realidad, creí percibir un ruido como de risas sofocadas—, pero debí equivocarme. Entonces fui a buscar una gruesa piedra al río y volví a martillar con ella los paneles hasta que hube aplastado una espiral de los adornos y cayó el verdín en pequeñas láminas polvorientas. A la distancia, la delicada gente debió de oírme golpear violentamente, pero nadie se acercó. Sí que había una multitud de ellos por las laderas, mirándome de manera furtiva. Al final, sofocado y rendido, me senté para vigilar aquel lugar. Pero estaba demasiado inquieto para vigilar mucho rato. Soy demasiado occidental para una larga vigilancia. Puedo trabajar durante años enteros en un problema, pero aguardar inactivo durante veinticuatro horas es otra cuestión.

Después de un rato me levanté y empecé a caminar sin dirección entre la maleza, hacia la colina otra vez.

—«Paciencia —me dije—; si quieres recuperar tu máquina debes dejar sola a la esfinge. Si piensan quitártela, de poco sirve destrozar sus paneles de bronce y si no piensan hacerlo, te la devolverán tan pronto como se la pidas. Velar entre todas esas cosas desconocidas ante un rompecabezas como este es desesperante. Esta línea de conducta me llevará a la demencia. Enfréntate con este mundo. Aprende sus usos, obsérvale, abstente de hacer conjeturas demasiado precipitadas en cuanto a sus intenciones; al final encontrarás la pista de todo esto.»

Entonces, me di cuenta de repente de lo cómico de la situación: recordé todos los años que había empleado en estudios y trabajos para adentrarme en el tiempo futuro y, ahora, sentía una ardiente ansiedad por salir de él. Me había creado la más complicada y desesperante trampa que haya podido inventar nunca un hombre. Como era a mi propia costa y no podía remediarlo, me reí a carcajadas.

Al cruzar el enorme palacio, me pareció que aquellos seres me esquivaban. Podían ser figuraciones mías, o algo relacionado con mis golpes en las puertas de bronce. Sin embargo, estaba casi seguro de que me rehuían.

Al notar esto, tuve recaudo de mostrar que me importaba y me abstuve de perseguirles y en el transcurso de uno o dos días las cosas volvieron a su antiguo estado. Hice todos los progresos que pude en su lengua y, además, proseguí mis exploraciones aquí y allá. A menos que no haya tenido en cuenta algún punto sutil, su lengua parecía excesivamente simple, compuesta casi exclusivamente de sustantivos concretos y verbos. En cuanto a los sustantivos abstractos, si los había, eran pocos.

Escasamente empleaban el lenguaje figurado. Como sus frases eran por lo general simples y de dos palabras, solo pude entender y comprender las cosas más sencillas. Decidí apartar la idea de

mi máquina del tiempo y el misterio de las puertas de bronce de la esfinge hasta donde fuera
posible, en un rincón de mi memoria, esperando
que mi creciente conocimiento me llevase a ella
por un camino natural. Sin embargo, cierto sentimiento, como podrán comprender, me retenía en
un círculo lejano alrededor del sitio de mi llegada.

VIII

EXPLICACIÓN

Hasta donde podía ver, el mundo entero desplegaba la misma exuberante riqueza que el valle del Támesis. Desde cada una de las colinas a la que subía, vi la misma cantidad de espléndidos edificios, infinitamente variados de materiales y de estilos; los mismos amontonamientos de árboles de hoja perenne, los mismos árboles cargados de flores y los mismos altos helechos.

Por todos lados el agua brillaba como la plata y más lejos la tierra se elevaba en azules ondulaciones de colinas y desaparecía en el cielo sereno. Un rasgo peculiar que pronto atrajo mi atención fue la presencia de ciertos pozos circulares, varios de ellos, según me pareció, de una profundidad muy grande.

Uno de ellos se hallaba cerca del sendero que subía a la colina y que había seguido durante mi primera caminata. Como los otros, estaba bordeado de bronce, curiosamente forjado y protegido de la lluvia por una pequeña cúpula.

Sentado sobre el borde de aquellos pozos y escrutando su oscuro fondo, no pude divisar ningún movimiento de agua, ni conseguir ningún reflejo con la llama de una cerilla. Pero en todos se oía un cierto ruido: un toc-toc-toc, parecido a la pulsación de alguna enorme máquina; y descubrí, por la llama de mis cerillas, que una corriente continua de aire soplaba abajo, dentro del hueco de los pozos. Arrojé un trozo de papel en el orificio de uno de ellos; y en vez de descender revoloteando lentamente, fue velozmente aspirado y lo perdí de vista.

Después de un rato llegué a relacionar aquellos pozos con altas torres que se elevaban por varios sitios sobre las laderas; pues porque por encima de ellas había con frecuencia esa misma fluctuación que se percibe en un día caluroso sobre una playa abrasada por el sol. Enlazando todas estas cuestiones, llegué a la firme presunción de un amplio sistema de ventilación subterránea, pero me resultaba difícil imaginar su significado. Me incliné al principio a asociarlo con la instalación sanitaria de aquellas gentes. Era una conclusión evidente, pero absolutamente equivocada.

Y aquí debo admitir que he aprendido muy poco de desagües, de campanas y de modos de transporte y de comodidades parecidas, durante el tiempo de mi estancia en aquel futuro real. En algunas de aquellas visiones de *Utopía*[30] y de los tiempos por venir que he leído, hay una gran cantidad de detalles sobre la construcción, las ordenaciones sociales y demás cosas de ese género.

---

30 Obra escrita en 1516 por el inglés Thomas More (1478-1535), que presenta un sistema ideal de gobierno y considera la propiedad privada como fuente de todos los males.

Pero aunque tales detalles son bastante fáciles de obtener cuando el mundo entero se halla contenido en la sola imaginación, son por completo inaccesibles para un auténtico viajero mezclado con la realidad, como me encontré allí.

¡Imagínense lo que contaría un negro recién llegado del África central al regresar a su tribu sobre su estancia en Londres! ¿Qué podría saber de las compañías de ferrocarriles, de los movimientos sociales, del teléfono y el telégrafo, de la compañía de envío de paquetes a domicilio, de los giros postales y de otras cosas parecidas? ¡Sin embargo, nosotros sí que accederíamos a explicarle esas cosas! E incluso de lo que él supiese, ¿qué le haría comprender o creer a su amigo que no hubiese viajado? ¡Piensen, además, qué escasa distancia hay entre un negro y un blanco de nuestro propio tiempo y qué extenso espacio existía entre aquellos seres de la edad de oro y yo! Me daba cuenta de muchas cosas invisibles que contribuían a mi bienestar; pero salvo por una impresión general de organización automática, no me creo capaz de poder hacerles comprender sino muy poco de esa diferencia.

Por ejemplo, en lo referente a la sepultura no podía ver signos de cremación, ni nada que sugiriese tumbas. Pero se me ocurrió que, posiblemente, habría cementerios (u hornos crematorios) en alguna parte, más allá de mi recorrido de exploración. Esta fue una pregunta que me planteé deliberadamente y mi curiosidad sufrió nuevamente un completo fracaso al principio con respecto a ese punto. La cuestión me desconcertaba y acabé por hacer una observación ulterior que me desconcertó más aún: que no había entre aquella gente ningún ser anciano o achacoso.

Debo confesar que la satisfacción que sentí por mi primera teoría de una civilización automática y de una humanidad en decadencia, no duró mucho tiempo. Sin embargo, no podía imaginar otra. Los diversos y enormes palacios que había explorado solo eran simples viviendas, grandes salones comedores y amplios dormitorios. No pude encontrar ni máquinas ni herramientas de ninguna clase. Sin embargo, aquella gente iba vestida con bellos tejidos, que deberían necesariamente renovar de vez en cuando y sus sandalias, aunque sin adornos, eran muestras bastante complejas de labor metálica. De un modo o de otro tales cosas debían ser fabricadas. Y aquella gente no revelaba indicio alguno de tendencia creadora. No había tiendas, ni talleres, ni ninguna señal de importaciones entre ellos. Empleaban todo su tiempo en retozar felizmente, en bañarse en el río, en hacerse el amor de una manera semijuguetona, en comer frutas y en dormir. No pude ver cómo se conseguía que las cosas siguieran marchando.

Volviendo a la máquina del tiempo: alguien, no sabía quién, la había encerrado en el pedestal hueco de la esfinge blanca. ¿Por qué? No podía imaginarlo. Estaban también aquellos pozos sin agua, aquellas columnas de aireación. Comprendí que me faltaba información. Comprendí... ¿cómo explicarlo? Vamos a suponer que se encuentran una inscripción, con distintas frases en un excelente y claro inglés pero interpoladas con estas, otras compuestas de palabras, incluso de letras, absolutamente desconocidas para ustedes. ¡Pues bien, al tercer día de mi visita, así era como se me presentaba el mundo del año 802 701!

También hice una amiga... en cierto modo. Sucedió que ese día, cuando estaba contemplando a algunos de aquellos seres bañándose en un arrecife, uno de ellos sufrió un calambre y empezó a ser arrastrado por el agua. La corriente principal más bien era rápida, aunque no demasiado fuerte para un nadador regular. Se harán una idea de la extraña imperfección de aquellas criaturas, cuando les diga que ninguna hizo el más mínimo gesto para intentar salvar al pequeño ser que se estaba ahogando ante sus ojos y que gritaba débilmente. Cuando me di cuenta de ello, me despojé rápidamente de la ropa y vadeando el agua por un sitio más abajo, lo cogí y lo puse a salvo en la orilla. Era una muchachita. Unas ligeras fricciones en sus miembros la reanimaron pronto y tuve la satisfacción de verla completamente bien antes de separarme de ella. Tenía tan poca estimación por los de su raza que no esperé ninguna gratitud de su parte. Sin embargo, me equivocaba.

Lo relatado ocurrió por la mañana. Por la tarde encontré a mi mujercilla —eso supuse que era— cuando regresaba hacia mi centro de una exploración.

Me recibió con gritos de deleite y me ofreció una gran guirnalda de flores, hecha evidentemente para mí. Aquello impresionó mi imaginación. Es muy posible que me sintiese solo. Sea como fuere, hice cuanto pude para mostrar mi reconocimiento por su regalo. Pronto estuvimos sentados juntos bajo un árbol sosteniendo una conversación compuesta principalmente de sonrisas. La amistad de aquella criatura me afectaba exactamente como puede afectar la de una niña. Nos dábamos flores uno a otro y ella me besaba las manos. Le besé también las suyas. Luego intenté hablar y supe que se llamaba Weena, nombre que a pesar de no saber lo que significaba me pareció en cierto modo muy apropiado. Este fue el comienzo de una extraña amistad que duró una semana, ¡y ya les contaré cómo terminó!

Era exactamente parecida a una niña. Quería estar siempre conmigo.

Intentaba seguirme por todas partes y en mi exploración siguiente sentí el corazón oprimido teniendo que dejarla, al final, exhausta y llamándome lastimosamente, pues necesitaba conocer a fondo los problemas de aquel nuevo mundo. Me dije a mí mismo que no había llegado al futuro para mantener un flirteo en miniatura. Sin embargo, su angustia cuando la dejé era muy grande, sus reproches al separarnos eran a veces frenéticos y creo plenamente que sentí tanta inquietud como consuelo con su afecto. Sin embargo, ella significaba, de todos modos, un gran alivio para mí. Creí que era un simple cariño infantil el que la hacía apegarse a mí. Hasta que fue demasiado tarde, no supe con claridad qué pena le había infligido al abandonarla. Hasta entonces no supe tampoco claramente lo que era ella para mí. Pues, por estar simplemente en apariencia enamorada de mí, por su manera pueril de mostrar que yo le preocupaba, aquella humana muñequita pronto dio a mi regreso a las proximidades de la esfinge blanca casi el sentimiento de la vuelta al hogar; y acechaba la aparición de su delicada figurita, blanca y oro, no bien llegaba a la colina.

Por ella supe también que el temor no había desaparecido.

Se mostraba bastante intrépida durante el día y tenía una extraña confianza en mí; una vez, en un momento estúpido, le hice muecas amenazadoras y simplemente se echó a reír. Pero le amedrentaban la oscuridad, las sombras, las cosas negras. Las tinieblas eran la única cosa aterradora para ella.

Era una emoción singularmente viva y esto me hizo meditar y observarla.

Entonces descubrí, entre otras cosas, que aquellos seres se congregaban dentro de las grandes casas al anochecer y dormían en grupos. Entrar donde ellos estaban sin una luz les llenaba de una agitada inquietud. Nunca encontré a nadie de puertas afuera, o durmiendo solo de puertas adentro, después de ponerse el sol. Sin embargo, fui tan estúpido que no comprendí la lección de ese temor y, pese a la angustia de Weena, me obstiné en acostarme apartado de aquellas multitudes adormecidas.

Esto le inquietó mucho a ella, pero al final triunfó su extraño afecto por mí y durante las cinco noches que compartimos, incluyendo la última de todas, durmió con la cabeza recostada sobre mi brazo. Pero no quiero desviarme de mi relato mientras les hablo de ella. La noche anterior a su salvación debía despertarme al amanecer. Había estado inquieto —soñando muy desagradablemente que me ahogaba— y que unas anémonas de mar me palpaban la cara con sus blandos apéndices. Me desperté sobresaltado, con la extraña sensación de que un animal gris acababa de huir de la habitación.

Intenté dormirme de nuevo, pero me sentía inquieto y a disgusto. Era esa hora incierta y gris en que las cosas acaban de surgir de las tinieblas, cuando todo es incoloro y se recorta con fuerza, aun pareciendo irreal. Me levanté, fui al gran vestíbulo y llegué así hasta las losas de piedra delante del palacio.

Tenía la intención y la necesidad de contemplar la salida del sol.

La luna se ponía y su luz moribunda y las primeras palideces del alba se mezclaban en una semiclaridad fantasmal. Los arbustos eran de un negro intenso, la tierra de un gris oscuro, el cielo descolorido y triste. Y sobre la colina me pareció ver unos espectros. En tres ocasiones distintas, mientras escudriñaba la ladera, vi unas figuras blancas. Dos veces me pareció divisar una criatura solitaria, blanca, de aspecto similar al de un mono, subiendo rápidamente por la colina y una vez cerca de las ruinas vi tres de aquellas figuras arrastrando un cuerpo oscuro. Se movían veloz-mente. Y no pude ver qué fue de ellas.

Parecieron desvanecerse entre los arbustos. Como comprenderán, el alba era todavía incier-ta y tenía esa sensación helada, confusa, del despuntar del alba que conocemos. Por ello, dudaba de mis ojos.

Cuando el cielo se tornó brillante al este y la luz del sol subió y esparció una vez más sus vivos colores sobre el mundo, escruté profundamente el paisaje, pero no percibí ningún vestigio de mis figuras blancas. Eran simplemente seres de la media luz.

—«Deben de haber sido fantasmas —me dije—. Me pregunto qué edad tendrán.»

Vino a mi mente una singular teoría de Grant Allen[31] y me divirtió. Si cada generación muere y deja fantasmas, argumenta él, el mundo al final estará colmado de ellos. Según esta teoría, habrían crecido de modo innumerable dentro de unos ochocientos mil años a contar de esta fecha y no sería muy sorprendente ver cuatro a la vez.

---

31 Charles Grant Blairfindie, llamado Grant Allen (1848-1899), naturalista y nove-lista inglés.

Pero la broma no era convincente y me pasé toda la mañana pensando en aquellas figuras, hasta que gracias a Weena logré desechar ese pensamiento. Las asocié de una manera vaga con el animal blanco que había asustado en mi primera y ferviente búsqueda de la máquina del tiempo.

Pero Weena era una grata sustituta. Sin embargo, todas ellas estaban destinadas pronto a tomar una mayor y más implacable posesión de mi espíritu.

No puedo explicar por qué, pero la temperatura de esa edad de oro era mucho más calurosa que la nuestra. Quizá el Sol era más fuerte, o la Tierra estaba más cerca del Sol. Por lo general se admite que el Sol se irá enfriando constantemente en el futuro. Pero la gente, poco familiarizada con teorías tales como las de Darwin[32], olvida que los planetas deben finalmente volver a caer uno por uno dentro de la masa que los engendró. Cuando esas catástrofes ocurran, el Sol llameará

---

32 Sir George Howard Darwin (1845-1912), profesor de Física y Astronomía en Cambridge y autor de varias obras científicas sobre astronomía, hijo del célebre naturalista inglés Charles Darwin.

con renovada energía; y puede que algún planeta interior haya sufrido esa suerte. Sea cual fuere la razón, persiste el hecho de que el sol era mucho más fuerte que el que nosotros conocemos.

Pues una mañana muy calurosa —creo que la cuarta de mi estancia—, cuando intentaba resguardarme del calor y de los destellos solares entre algunas ruinas colosales cerca del gran edificio donde dormía y comía, ocurrió una cosa extraña. Encaramándome sobre aquel montón de mampostería, encontré una estrecha galería, cuyo final y respiradero laterales estaban obstruidos por masas de piedras caídas. En contraste con la luz deslumbrante del exterior, me pareció al principio de una oscuridad impenetrable. Entré a tientas, pues el cambio de la luz a las tinieblas hacía surgir ante mí manchas flotantes de color.

De repente me detuve como hechizado. Un par de ojos, luminosos por el reflejo de la luz de afuera, me miraba fijamente en las tinieblas.

El viejo e instintivo terror a las fieras se apoderó nuevamente de mí.

Apreté los puños y miré con decisión aquellos brillantes ojos. Luego, el pensamiento de la absoluta seguridad en que la humanidad parecía vivir se apareció a mi mente. Y después recordé aquel extraño terror a las tinieblas.

Intentando dominar mi pavor sin mucho resultado, avancé un paso y hablé. Confesaré que mi voz era ronca e insegura. Extendí la mano y toqué algo suave.

Inmediatamente los ojos se apartaron y algo blanco huyó rozándome. Me volví con el corazón en la garganta y vi una extraña figura de aspecto simiesco, sujetándose la cabeza de una manera especial, cruzar corriendo el espacio iluminado por el sol, a mi espalda. Chocó contra un bloque de granito, se tambaleó y en un instante se ocultó en la negra sombra bajo otro montón de escombros de las ruinas.

Naturalmente, la impresión que recogí de aquel ser fue imperfecta; pero sé que era de un blanco desvaído y que tenía unos ojos grandes y extraños de un rojo grisáceo y también unos cabellos muy rubios que le caían por la espalda.

Pero, tal y como lo cuento, se movió con demasiada rapidez para que pudiese verle con claridad. No puedo siquiera decir si corría a cuatro patas, o tan solo manteniendo sus antebrazos muy bajos. Después de unos instantes de detención le seguí hasta el segundo montón de ruinas. No pude encontrarle al principio, pero después de un rato entre la profunda oscuridad, llegué a una de aquellas aberturas redondas y parecidas a un pozo de las que ya les he hablado antes, semicubierta por una columna derribada. Un pensamiento repentino vino a mi mente. ¿Podría aquella cosa haber desaparecido por dicha abertura hacia abajo? Encendí una cerilla y, mirando hasta el fondo, vi agitarse una pequeña y blanca criatura con unos ojos brillantes que me miraban fijamente.

Me estremecí. ¡Aquel ser se asemejaba a una araña humana!

Divisé ahora por primera vez una serie de soportes y de asas de metal formando una especie de escalera en la pared, que se hundía en la abertura y por las cuales aquella cosa descendía.

Entonces la llama me quemó los dedos y la solté, apagándose al caer; y cuando encendí otra, el pequeño monstruo había desaparecido.

No sé cuánto tiempo permanecí mirando el interior de aquel pozo. Necesité un rato para conseguir convencerme a mí mismo de que aquella cosa que había visto era un ser humano. Pero, poco a poco, la verdad vino a mí: el hombre no había seguido siendo una especie única, sino que se había diferenciado en dos animales distintos; las graciosas criaturas del mundo superior no eran los únicos descendientes de nuestra generación, sino que aquel ser, pálido, repugnante, nocturno, que había pasado fugazmente ante mí, era también el heredero de todas las edades.

Pensé en las columnas de aireación y en mi teoría de una ventilación subterránea. Empecé a sospechar su verdadera importancia. ¿Me pregunté qué viene a hacer este lémur[33] en mi esquema de una organización perfectamente equilibrada? ¿Qué relación podía tener con la ociosa serenidad de los habitantes del mundo superior? ¿Y qué se ocultaba debajo de aquello en el fondo de aquel pozo? Me senté sobre el borde diciéndome que, en cualquier caso, no había nada que temer y que

---

33 Primates de la isla de Madagascar y el archipiélago de Comores. Reciben su nombre por los lemures —fantasmas o espíritus de la mitología romana— debido a las estrepitosas vocalizaciones que emiten, sus ojos brillantes y los hábitos nocturnos de algunas de sus especies.

debía bajar allí para quitarme las dudas. ¡Y al mismo tiempo bajar me aterraba sobremanera!

Mientras vacilaba, dos de los bellos seres del mundo superior llegaron corriendo en su amoroso juego desde la luz del sol hasta la sombra. El varón perseguía a la hembra, arrojándole flores en su huida.

Parecieron angustiados de encontrarme, con mi brazo apoyado contra la columna caída y escrutando el pozo. Al parecer, estaba mal considerado el fijarse en aquellas aberturas; pues cuando la señalé e intenté dirigirles una pregunta sobre ello en su lengua, se mostraron más angustiados aún y se dieron la vuelta. Pero les interesaban mis cerillas y encendí unas cuantas para divertirlos. Intenté de nuevo preguntarles sobre el pozo y fracasé otra vez. Por eso los dejé en seguida, para ir en busca de Weena y ver qué podía sonsacarle. Pero mi mente estaba ya trastornada; mis conjeturas e impresiones se deslizaban y enfocaban hacia una nueva interpretación. Tenía ahora una pista para averiguar la importancia de aquellos pozos, de aquellas torres de ventilación, de aquel misterio de los fantasmas; ¡y esto sin mencionar la indicación relativa al significado de las puertas de bronce y de la suerte de la máquina del tiempo! Y muy vagamente hallé una sugerencia acerca de la solución del problema económico que me había desconcertado.

Pues he aquí mi nuevo punto de vista. Evidentemente, aquella segunda especie humana era subterránea. Había en especial tres detalles que me hacían creer que sus raras apariciones sobre el suelo eran la consecuencia de una larga y continuada costumbre de vivir bajo tierra. En primer lugar, estaba el aspecto pálido común a la mayoría de los animales que viven prolongadamente en la oscuridad; como el pez blanco de las grutas del Kentucky[34]. Luego, aquellos grandes ojos con su facultad de reflejar la luz son rasgos comunes en los seres nocturnos, facultad que podemos observar en el búho y el gato. Y por último, aquel patente desconcierto a la luz del sol y aquella apresurada y, sin embargo, torpe huida hacia la oscura sombra y aquella postura tan particular

34 Kentucky es uno de los cincuenta estados que forman los Estados Unidos. Está ubicado al sur del país.

de la cabeza mientras estaba a la luz, todo esto reforzaba la teoría de una extremada sensibilidad de la retina.

Por lo tanto, bajo mis pies, la tierra debía estar inmensamente socavada y aquellos socavones eran la morada de la nueva raza. La presencia de tubos de ventilación y de los pozos a lo largo de las laderas de las colinas, por todas partes en realidad, excepto a lo largo del valle por donde corría el río, revelaba cuán universales eran sus ramificaciones. Entonces empecé a suponer que en aquel mundo subterráneo se hacía el trabajo necesario para la comodidad de la raza que vivía a la luz del sol. La explicación era tan plausible que la acepté inmediatamente y llegué hasta imaginar el porqué de aquella diferenciación de la especie humana. Pero pronto comprendí por mí mismo cuán alejada estaba mi teoría de la verdad.

Al principio, procediendo conforme a los problemas de nuestra propia época, me parecía claro como la luz del día que la clave de toda la situación era la extensión gradual de las actuales diferencias meramente temporales y sociales entre el capitalista y el trabajador. Seguramente les parecerá un poco grotesco —¡y disparatadamente increíble!— y, sin embargo, todavía vemos que existen circunstancias que señalan ese camino. Hay una tendencia a utilizar el espacio subterráneo para los fines menos decorativos de la civilización. Por ejemplo, el metro de Londres, los nuevos tranvías eléctricos, los pasos subterráneos, talleres y restaurantes subterráneos, que aumentan y se multiplican.

—«Evidentemente —pensé— esta tendencia ha crecido hasta el punto que la industria ha perdido gradualmente su derecho de existencia al aire libre.»

Lo que quiero decir es que se había extendido cada vez más profundamente y cada vez en más y más amplias fábricas subterráneas ¡consumiendo una cantidad de tiempo sin cesar creciente, hasta que al final...! Aun hoy en día, ¿acaso no vemos que un obrero del East End[35] vive en condiciones un tanto artificiales, prácticamente separado de la superficie natural de la tierra?

---

35 Barrios industriales y populares de la parte oriental de Londres. Su bajo nivel de vida contrasta con los opulentos barrios residenciales del West End.

Además, la tendencia exclusiva de la gente rica —sin duda debida al creciente refinamiento de su educación y al amplio abismo que no cesa de aumentar entre ella y la ruda violencia de la gente pobre— la lleva ya a acotar, en su interés, considerables partes de la superficie del país. En los alrededores de Londres, por ejemplo, casi la mitad de los lugares más hermosos están cerrados a la intrusión. Y ese mismo abismo creciente que se debe a los procedimientos más largos y costosos de la educación superior y a las crecientes facilidades y tentaciones por parte de los ricos, hará que cada vez sea menos frecuente el intercambio entre las clases y el ascenso en la posición social por matrimonios entre ellas, que retrasa actualmente la división de nuestra especie a lo largo de líneas de estratificación social. De modo tendremos viviendo sobre el suelo a los «poseedores», en busca constante del placer, el bienestar y la belleza y debajo del suelo a los «no poseedores», obreros que se adaptan continuamente a las condiciones de su trabajo. Una vez ubicados debajo del suelo, tuvieron que pagar un alto canon por la ventilación de sus cavernas; y si se negaban, los mataban de hambre o los asfixiaban para hacerles pagar los atrasos. Los que habían nacido para ser desdichados o rebeldes, murieron; y finalmente, al ser permanente el equilibrio, los supervivientes acabaron por estar adaptados a las condiciones de la vida subterránea y tan satisfechos en su medio como la gente del mundo superior en el suyo. Por lo que pude observar hasta ese momento, la refinada belleza y la palidez marchita se seguían con bastante naturalidad.

El gran triunfo de la humanidad que había soñado tomaba una forma distinta en mi mente. Imaginé un triunfo de la educación moral y de la cooperación general, pero esto no había ocurrido. En cambio, veía una verdadera aristocracia, armada de una ciencia perfecta y preparando una lógica conclusión al sistema industrial de hoy día. Su triunfo no había sido simplemente un triunfo sobre la naturaleza, sino un triunfo sobre la naturaleza y sobre el prójimo. Esta era mi teoría de aquel momento. Al no tener ningún guía adecuado como ocurre en los libros utópicos, mi explicación puede ser errónea por completo. Aunque creo que es la más aceptable. Pero, aun suponiendo esto, la civilización equilibrada que había sido finalmente alcanzada debía haber sobrepasado hacía largo tiempo su cenit y haber caído en una profunda decadencia. La seguridad demasiado perfecta de los habitantes del mundo superior los había llevado, en un pausado movimiento de degeneración, a un aminoramiento general de estatura, de fuerza e inteligencia. Con solo observarlo, de esto no me cabía la menor duda.

Sin embargo, no sospechaba aun lo que les había ocurrido a los habitantes del mundo subterráneo, pero por lo que había visto de los Morlocks —que era el nombre que daban a aquellos seres— podía imaginar que la modificación del tipo humano era aún más profunda que entre los Eloi, la raza que ya conocía.

Y entonces tuve unas dudas desagradables respecto a los Morlocks. Estaba seguro de que habían cogido mi máquina del tiempo. Pero ¿por qué? ¿Y por qué, también, si los Eloi eran supuestamente los amos, no podían devolvérmela? ¿Y por qué sentían un miedo tan terrible de la oscuridad? Como ya les he contado, empecé por interrogar a Weena acerca de aquel mundo subterráneo, pero de nuevo quedé defraudado. Al principio no comprendió mis preguntas y luego se negó a contestarlas. Se estremecía como si el tema le fuese insoportable. Y cuando la presioné, de manera brusca quizá, se puso a llorar desconsoladamente. Fueron las únicas lágrimas, exceptuando las mías, que vi durante mi estancia en la edad de oro. Viéndolas cesé de molestarla sobre los Morlocks y me dediqué a borrar de los ojos de Weena aquellas muestras de su herencia humana. Pronto sonrió, aplaudiendo con sus manitas, mientras le encendía solemnemente una cerilla.

IX

Los Morlocks

Quizá les parezca raro, pero dejé pasar dos días antes de seguir la pista de reciente descubriendo que llevaba evidentemente al camino apropiado. Sentía una aversión especial por aquellos cuerpos pálidos. Tenían exactamente ese tono blancuzco de los gusanos y de los animales conservados en alcohol en un museo zoológico. Y al tacto eran de una frialdad repugnante. Mi aversión se debía en gran parte a la influencia simpática de los Eloi, cuyo asco por los Morlocks empezaba a comprender.

Con este nuevo descubrimiento mi salud estaba alterada y la noche siguiente no dormí nada bien.

Me sentía abrumado de perplejidad y de dudas. Tuve una o dos veces la sensación de un temor intenso al cual no podía encontrar ninguna razón concreta. Recuerdo haberme deslizado silenciosamente por el gran vestíbulo donde aquellos seres dormían a la luz de la luna —esa noche Weena se hallaba entre ellos— y, debo reconocer, que sentir su presencia me tranquilizaba. En aquel momento pensé en la una, estaba por entrar en su último cuarto y las noches serían oscuras; entonces, las apariciones de aquellos desagradables seres subterráneos, de aquellos blancuzcos lémures, de aquella nueva gusanera que había sustituido a la antigua, serían más numerosas. Y durante esos dos días tuve la inquieta sensación de quien elude una obligación inevitable. Estaba seguro de que solo recuperaría la máquina del tiempo penetrando audazmente en aquellos misteriosos subsuelos. Sin embargo, no podía enfrentarme con aquel enigma. De haber tenido un compañero la cosa sería muy diferente. Pero estaba horriblemente solo y el simple hecho de descender por las tinieblas del pozo me hacía palidecer. Por favor comprendan mi estado de ánimo, sentía constantemente un peligro a mi espalda.

Esta inquietud, esta inseguridad, era quizá la que me arrastraba más y más lejos en mis excursiones exploradoras. Yendo al sudoeste, hacia la comarca escarpada que se llama ahora Combe Wood, observé a lo lejos —en la dirección del Banstead[36] del siglo XIX—, una amplia construcción verde, de estilo diferente a las que había visto hasta entonces. Era más grande que el mayor de los palacios o ruinas que conocía y la fachada tenía un aspecto oriental: mostraba el brillo de un tono gris pálido, similar a una clase de porcelana china. Se me ocurrió explorarla porque esta diferencia de aspecto sugería una diferencia de uso. Pero estaba empezando a oscurecer y llegué después de un largo y extenuante rodeo, por lo cual decidí aplazar la aventura para el día siguiente. Y así regresé hacia la bienvenida y las caricias de

---

36 Localidad situada en el centro de la región sudeste de Inglaterra, a poca distancia al sur del río Támesis y de Londres.

la pequeña Weena. Pero a la mañana siguiente me di cuenta con suficiente claridad que mi curiosidad referente al Palacio de Porcelana Verde era una vía de escape para evitarme, por un día más, la experiencia que temía realizar. Entonces decidí emprender el descenso sin más pérdida de tiempo y salí al amanecer hacia un pozo cercano a las ruinas de granito y aluminio.

La pequeña Weena vino corriendo conmigo. Bailaba junto al pozo y cuando vio que me inclinaba sobre el brocal mirando hacia abajo, pareció singularmente desconcertada.

«—Adiós, pequeña Weena, —dije besándola. Y, dejándola sobre el suelo, comencé a buscar los escalones y los ganchos sobre el brocal.»

Debo confesar que iba muy de prisa ¡pues temía que flaquease mi valor! Al principio ella me miró con asombro. Luego lanzó un grito desgarrador y, corriendo hacia mí, quiso retenerme con sus pequeñas manos. Creo que su oposición me incitó más bien a continuar. La rechacé, quizá un poco bruscamente y un momento después estaba adentrándome en el pozo. Vi su cara agonizante sobre el brocal y le sonreí para tranquilizarla.

Luego necesitaba mirar con atención hacia abajo, a los ganchos inestables a los que me agarraba.

Tuve que bajar un trecho de doscientas yardas[37], aproximadamente. El descenso lo efectuaba por medio de los barrotes metálicos que salían de las paredes del pozo. Pero estaban adaptados a las necesidades de unos seres mucho más pequeños que yo, así que pronto me sentí entumecido y fatigado por la bajada. ¡Y no solo fatigado! Uno de los barrotes cedió de repente bajo mi peso y casi me balanceé en las tinieblas de debajo. Durante un momento quedé suspendido por una mano y ya no me atreví a descansar de nuevo.

Aunque sentía un dolor agudo en mis brazos y mi espalda, seguía descendiendo de un tirón, tan de prisa como podía. Al mirar hacia arriba, vi la abertura, un pequeño disco azul, en el cual era visible una estrella y la cabeza de la pequeña Weena aparecía como una proyección negra y redonda. El ruido acompasado de una máquina, desde el fondo, se hacía cada vez más fuerte y opresivo.

---

37 200 yardas: 182 metros.

Todo, salvo el pequeño disco de arriba, era profundamente oscuro y cuando volví a mirar hacia él, Weena había desaparecido. Me sentía en una agonía de inquietud. Pensé vagamente en abortar mi exploración al mundo subterráneo. Pero hasta cuando estaba dándole vueltas a esa idea, seguía descendiendo. Por último, con un profundo alivio, vi confusamente aparecer a mi derecha, una estrecha abertura en la pared. Me introduje allí y descubrí que era el orificio de un reducido túnel horizontal en el cual pude tenderme y descansar. Menos mal. Mis brazos estaban doloridos, mi espalda entumecida y temblaba con el prolongado terror de una caída. Además, la oscuridad ininterrumpida tuvo un efecto doloroso sobre mis ojos. El aire estaba lleno del palpitante zumbido de la maquinaria que ventilaba el pozo.

Perdí la noción del tiempo, no sé cuánto rato permanecí tendido allí. Me despertó una mano suave que tocaba mi cara. Me levanté de un salto en la oscuridad y, sacando mis cerillas, encendí una rápidamente: vi tres seres encorvados y blancos semejantes a aquel que había visto sobre la tierra, en las ruinas y que huyó velozmente de la luz. Viviendo, como vivían, en las que me parecían tinieblas impenetrables, sus ojos eran muy sensibles y de un tamaño anormal, como las pupilas de los peces de los fondos abisales y reflejaban la luz de idéntica manera. No me cabía duda de que podían verme en aquella absoluta oscuridad y no parecieron tener miedo de mí, aparte de su temor a la luz.

En cuanto encendí una cerilla para poder verlos, huyeron veloces, desapareciendo dentro de unos sombríos canales y túneles, desde los cuales me miraban sus ojos del modo más extraño.

Intenté llamarles, pero su lenguaje era al parecer diferente del de los habitantes del mundo superior; por lo cual me quedé entregado a mis propios esfuerzos y pasó por mi mente la idea de huir antes de iniciar la exploración.

Pero me dije a mí mismo: «Estás aquí ahora para eso» y avancé a lo largo del túnel, sintiendo como el ruido de la maquinaria se hacía más fuerte.

Pronto dejé de notar las paredes a mis lados, llegué a un espacio amplio y abierto y encendiendo otra cerilla, vi que había entrado en una vasta caverna arqueada que se extendía en las profundas tinieblas más allá de la claridad de mi cerilla. Solo podía ver durante el escaso tiempo que ardía una cerilla.

Mi recuerdo es forzosamente vago. Grandes formas parecidas a enormes máquinas surgían de la oscuridad y proyectaban negras sombras entre las cuales los inciertos y espectrales Morlocks se guarecían de la luz. Noté que el sitio era muy sofocante y opresivo y débiles emanaciones de sangre fresca flotaban en el aire. Un poco más abajo del centro había una pequeña mesa de un metal blanco, en la que parecía haberse servido una comida. ¡Vi claramente que los Morlocks eran carnívoros! Recuerdo haberme preguntado en aquel momento qué voluminoso animal podía haber sobrevivido para suministrar el rojo cuarto que veía. Estaba todo muy confuso: el denso olor, las enormes formas carentes de significado, la figura repulsiva espiando en las sombras, ¡y esperando a que volviesen a reinar las tinieblas para acercarse a mí de nuevo! Y entonces la cerilla se apagó, quemándome los dedos y cayó en las tinieblas realizando una roja ondulación.

He pensado después lo mal equipado que estaba para semejante experiencia. Cuando la inicié con la máquina del tiempo, lo hice en la absurda y convencida suposición de que todos los hombres del futuro debían ser infinitamente superiores a nosotros mismos en todos los artefactos. No había llevado armas, ni medicinas, ni nada que fumar —¡a veces notaba atrozmente la falta del tabaco!—; ni siquiera tenía suficientes cerillas. ¡Si tan solo hubiera pensado en una Kodak[38]! Podría haber tomado aquella visión del mundo subterráneo en un segundo y haberlo examinado a gusto. Pero, al fin y al cabo, estaba allí con las únicas armas y los únicos poderes con que la naturaleza me ha dotado: manos, pies y dientes; y cuatro cerillas suecas que aún me quedaban.

Temía abrirme camino entre toda aquella maquinaria en la oscuridad y solo con la última llama descubrí que mi provisión de cerillas se había agotado. No se me había ocurrido economizarlas hasta ese momento y gasté casi la mitad de la caja en asombrar a los habitantes del mundo superior, para quienes el fuego era una novedad. Ahora,

---

38 Eastman Kodak Company es una multinacional dedicada al diseño, producción y comercialización de equipamiento fotográfico, fundada por el inventor George Eastman en 1888.

como ya he dicho, me quedaban solamente cuatro y mientras permanecía en la oscuridad, una mano tocó la mía, sentí unos dedos descarnados sobre mi cara y percibí un olor especial muy desagradable. Me pareció oír muy cerca la respiración de una multitud de aquellos horrorosos pequeños seres. Sentí que intentaban quitarme suavemente la caja de cerillas que tenía en la mano y que otras manos detrás de mí me tiraban de la ropa. Sentí una desagradable e indescriptible sensación al sentirme examinado por aquellas criaturas invisibles. La repentina comprensión de mi desconocimiento de sus maneras de pensar y de obrar se me presentó de nuevo vivamente en las tinieblas. Grité lo más fuerte que pude. Se apartaron y luego los sentí acercarse otra vez. Sus tocamientos se hicieron más osados mientras se musitaban extraños sonidos unos a otros. Me estremecí con violencia y, de un modo incongruente, volví a gritar. Pero esta vez se mostraron menos alarmados y se acercaron de nuevo a mí con una extraña y ruidosa risa. Debo confesar que estaba horriblemente asustado. Decidí encender otra cerilla y escapar amparado por la claridad que me ofrecía. Así lo hice. Pude incrementar un poco la llama con un pedazo de papel que encontré en mi bolsillo y llevé a cabo mi retirada hacia el estrecho túnel. Pero apenas entré en él mi luz se apagó y en tinieblas pude oír a los Morlocks susurrando como el viento entre las hojas, haciendo un ruido acompasado como la lluvia, mientras se precipitaban detrás de mí.

En un momento me sentí agarrado por varias manos y no pude equivocarme sobre su propósito, que era arrastrarme hacia atrás. Encendí otra cerilla y la agité ante sus deslumbrantes caras. No podéis ni imaginar lo nauseabundos e inhumanos que parecían —¡rostros lívidos y sin mentón, ojos grandes y sin párpados, de un gris rosado!— mientras que se paraban por su ceguera y el aturdimiento. Pero no perdí ni un instante en mirarlos, lo aseguro: volví a retirarme y cuando terminó mi segunda cerilla, encendí la tercera. Estaba casi consumida cuando alcancé la abertura que había en el pozo. Me tendí sobre el borde, pues la palpitación de la gran bomba del fondo me aturdía. Luego palpé los lados para buscar los asideros salientes y al hacerlo, me agarraron de los pies y me tiraron violentamente hacia atrás.

Encendí mi última cerilla... y se apagó en el acto. Pero había podido cogerme de uno de los barrotes y dando fuertes puntapiés, me desprendí de las manos de los Morlocks y ascendí rápidamente por el pozo, mientras ellos se quedaban abajo atisbando y guiñando los ojos hacia mí: todos menos un pequeño miserable que me siguió un momento y casi se apoderó de una de mis botas como si hubiera sido un trofeo.

Aquella escalada me pareció interminable. Al final de la subida sentí una náusea mortal. Me costó un gran trabajo mantenerme asido, mientras sostenía una lucha espantosa contra aquel desfallecimiento.

Me dieron varios vahídos y experimenté todas las sensaciones de la caída. Al final, sin embargo, pude —no sé cómo— llegar al brocal y escapar tambaleándome fuera de las ruinas bajo la cegadora luz del sol. Caí de bruces.

Hasta el suelo olía dulce y puro. Luego recuerdo a Weena besando mis manos y mis orejas y las voces de otros Eloi. Después estuve sin sentido durante un rato.

X

AL LLEGAR LA NOCHE

Realmente me encontraba en una situación peor que la de antes. Hasta ese momento, excepto durante mi noche angustiosa después de la pérdida de la máquina del tiempo, había tenido la confortadora esperanza de una última escapatoria, pero esa esperanza se desvanecía con los nuevos descubrimientos. Hasta ahora me había creído simplemente obstaculizado por la pueril simplicidad de aquella pequeña raza y por algunas fuerzas desconocidas que me era preciso comprender para superarlas; pero había un elemento nuevo por completo en la repugnante especie de los Morlocks, algo inhumano y maligno. Instintivamente los aborrecía. Antes había sentido lo que sentiría un hombre que cayese en un precipicio: mi preocupación era el precipicio y cómo salir de él. Ahora me sentía como una fiera en una trampa, cuyo enemigo va a caer pronto sobre ella.

Seguramente se sorprenderán del enemigo al que temía: era la oscuridad de la luna nueva. Weena me había inculcado eso en la cabeza haciendo algunas observaciones, al principio incomprensibles, acerca de las noches oscuras. Ahora por fin comprendía lo que significaba la llegada de las noches oscuras. La luna estaba en menguante: cada noche era más largo el período de oscuridad. Y pude llegar a entender claramente la razón del miedo a las tinieblas de los pequeños habitantes del mundo superior. Me pregunté vagamente qué actos perversos podían ser los que realizaban los Morlocks durante la luna nueva.

Estaba casi seguro de la falsedad de mi segunda hipótesis. Los Morlocks eran los servidores mecánicos de la gente del mundo superior, de la favorecida aristocracia, pero aquello había acabado hacía bastante tiempo. Las dos especies que habían resultado de la evolución humana declinaban o habían llegado a unas relaciones completamente nuevas. Los Eloi, como los reyes carolingios[39], habían llegado a ser simplemente unos seres lindos e inútiles. Poseían todavía la Tierra por consentimiento tácito, desde que los Morlocks —subterráneos desde hacía innumerables generaciones— habían llegado a encontrar intolerable la superficie iluminada por el sol. Deduje que los Morlocks confeccionaban sus vestidos y asistían a sus necesidades habituales, muy probablemente a causa de la supervivencia de un viejo hábito de servidumbre. Lo hacían como un caballo encabritado agita sus patas, o como un hombre se divierte en matar animales por deporte: porque unas antiguas y expiradas necesidades

---

39 Familia franca que dominó gran parte de Europa desde mediados del siglo VIII hasta fines del siglo IX. El autor alude al hecho de que los monarcas carolingios llegaron a acumular en sus manos un poder inmenso que posteriormente fueron perdiendo gradualmente —al igual que ocurre con los Eloi— hasta convertirse en meras figuras decorativas.

lo habían inculcado en su organismo. Pero, evidentemente, el antiguo orden ya estaba en parte invertido. La Némesis[40] de los delicados hombrecillos se acercaba de prisa. Hacía miles de generaciones, el hombre había privado a su hermano el hombre de la comodidad y de la luz del sol. ¡Y ahora aquel hermano volvía cambiado! Y los Eloi habían empezado a aprender una vieja lección otra vez. Volvían a tener conocimiento del miedo.

Y de pronto me vino a la mente el recuerdo de la carne que había visto en el mundo subterráneo. Aquel recuerdo me obsesionó. Parece extraño cómo no lo despertó ya que en el curso de mis meditaciones ya había surgido esa interrogación. Intenté recordar qué forma presentaba aquello que había visto. Tenía una vaga sensación de algo familiar, pero no pude decir lo que era en aquel momento.

Sin embargo, por impotentes que fuesen los pequeños seres en presencia de su misterioso miedo, yo estaba constituido de un modo diferente. Venía de una edad en la que el miedo no

---

40 Diosa de la venganza en la mitología helénica. Es la encargada de que los excesos de prosperidad o de orgullo vayan seguidos de grandes desgracias.

paraliza y el misterio ha perdido sus terrores. De una edad donde la raza humana es primitiva y a su vez madura. Decidí que me defendería por mí mismo. Sin dudarlo, tomé la decisión de fabricarme unas armas y un albergue fortificado donde poder dormir. Con aquel refugio como base, podría hacer frente a aquel extraño mundo con algo de la confianza que había perdido al darme cuenta de la clase de seres a que iba a estar expuesto noche tras noche.

Sentí que no podría dormir de nuevo hasta que mi lecho estuviese a salvo de ellos. Me estremecí de horror al pensar cómo me habían examinado.

Vagué durante la tarde a lo largo del valle del Támesis, pero no pude encontrar nada que se ofreciese a mi mente como inaccesible. A juzgar por sus pozos, todos los edificios y todos los árboles parecían fácilmente alcanzables para unos trepadores tan hábiles como debían ser los Morlocks.

Entonces los altos pináculos del Palacio de Porcelana Verde y el pulido fulgor de sus muros resurgieron en mi memoria; y al anochecer, llevando a Weena como una niña sobre mi hombro, subí a la colina, hacia el sudoeste.

Había calculado la distancia en unas siete u ocho millas, pero debía estar cerca de las dieciocho. Había visto el palacio por primera vez en una tarde húmeda, en que las distancias disminuyen engañosamente. Además, perdí el tacón de una de mis botas y un clavo penetraba a través de la suela —eran unas botas viejas, cómodas, que usaba en casa—, por lo tanto cojeaba. Después de un largo rato de ponerse el sol llegamos a la vista del palacio, que se recortaba en negro sobre el amarillo pálido del cielo.

Weena se mostró contentísima cuando empecé a llevarla, pero pasado un rato quiso que la dejase en el suelo, para correr a mi lado, precipitándose a veces a coger flores que introducía en mis bolsillos —que por cierto, siempre habían extrañado a Weena, pero al final pensó que debían ser una rara clase de floreros para adornos florales—. ¡Y esto me recuerda...! Al cambiar de chaqueta he encontrado...

El Viajero del Tiempo se interrumpió, metió la mano en el bolsillo y colocó silenciosamente sobre la mesita dos flores marchitas, que no dejaban de parecerse a grandes malvas blancas. Luego prosiguió su relato.

Cuando la quietud del anochecer se difundía sobre el mundo y avanzábamos más allá de la cima de la colina hacia Wimbledon[41], Weena se sintió cansada y quiso volver a la casa de piedra gris. Pero le señalé los pináculos distantes del Palacio de Porcelana Verde y me las ingenié para hacerle comprender que íbamos a buscar allí un refugio contra su miedo. ¿Conocen ustedes esa gran inmovilidad que cae sobre las cosas antes de anochecer? La brisa misma se detiene en los árboles. Para mí hay siempre un aire de expectación en esa quietud del anochecer. El cielo era claro, remoto y despejado, salvo algunas fajas horizontales al fondo, hacia poniente. Bueno, aquella noche la expectación tomó el color de mis temores. En aquella oscura calma mis sentidos parecían agudizados de un modo sobrenatural. Imaginé que sentía incluso la tierra hueca bajo mis pies: y que podía, realmente, casi ver a través de ella a los Morlocks en su hormiguero yendo de aquí para allá en espera de la oscuridad. En mi exci-

---

41 Ciudad situada en el sudoeste de Londres.

tación me figuré que recibieron mi invasión de sus madrigueras como una declaración de guerra. Seguía sin comprender por qué habían cogido mi máquina del tiempo.

Así pues, seguimos en aquella ciudad y el crepúsculo se condensó en la noche. El azul claro de la distancia palideció y una tras otra aparecieron las estrellas. La tierra se tornó gris oscura y los árboles negros. Los temores de Weena y su fatiga aumentaron. La cogí en mis brazos, le hablé y la acaricié.

Luego, como la oscuridad aumentaba, Weena me rodeó ella el cuello con sus pequeños brazos y, cerrando los ojos, apoyó apretadamente su cara contra mi hombro. Descendimos así una larga pendiente hasta el valle y allí, en la oscuridad, me metí casi en un pequeño río. Lo vadeé y ascendí al lado opuesto del valle, más allá de muchos edificios-dormitorios y de una estatua —un Fauno o una figura similar— sin cabeza. Allí también había acacias. Hasta entonces no había visto nada que me hiciera pensar en la presencia de los Morlocks, pero la noche se hallaba en su comienzo y las horas de oscuridad anteriores a la salida de la luna nueva estaban por llegar.

Desde la cumbre de la cercana colina vi ante mí un bosque espeso que se extendía amplio y negro. Esto me hizo vacilar. No podía ver el final, ni hacia la derecha ni hacia la izquierda. Sintiéndome cansado —el pie en especial me dolía mucho— bajé cuidadosamente a Weena de mi hombro al detenerme y me senté sobre la hierba. No podía ya ver el Palacio de Porcelana Verde y dudaba sobre la dirección a seguir. Escudriñé la espesura del bosque y pensé en lo que podía ocultar. Bajo aquella densa maraña de ramas no debían verse las estrellas. Aunque no existiese allí ningún peligro emboscado —un peligro sobre el cual no quería dar rienda suelta a la imaginación—, habría, sin embargo, raíces en que tropezar y troncos contra los cuales chocar. Además estaba rendido, después de las excitaciones del día; por eso decidí no afrontar aquello y pasar en cambio la noche al aire libre en la colina.

Noté que Weena estaba profundamente dormida y me alegré. La envolví con cuidado en mi chaqueta y me senté junto a ella para esperar la salida de la luna. La ladera estaba tranquila y desierta, pero de la negrura del bosque venía de vez en cuando una agitación de seres vivos. Como la noche era muy clara, sobre mí brillaban las estrellas y experimentaba cierta sensación de amistoso bienestar con su centelleo. Sin embargo, todas las antiguas constelaciones habían desaparecido del cielo; su lento movimiento —imperceptible durante centenares de vidas humanas— las había, desde hacía largo tiempo, reordenado en grupos desconocidos. Pero me parecía que la Vía Láctea era aún la misma banderola harapienta de polvo de estrellas de antaño.

Pude apreciar que por la parte sur había una estrella roja muy brillante, que era totalmente nueva para mí; parecía aún más espléndida que nuestra propia y verde Sirio[42]. Y entre todos aquellos puntos de luz centelleante, brillaba un planeta benévola y constantemente como la cara de un antiguo amigo.

Contemplando aquellas estrellas disminuyeron mis propias inquietudes y todas las seriedades de la vida terrenal. Pensé en su insondable

---

42 La estrella más brillante del cielo.

distancia y en el curso lento e inevitable de sus movimientos desde el desconocido pasado hacia el desconocido futuro. Pensé en el gran ciclo precesional[43] que describe el eje de la Tierra. Solo cuarenta veces se había realizado aquella silenciosa revolución durante todos los años que había atravesado. Y durante aquellas escasas revoluciones todas las actividades, todas las tradiciones, las complejas organizaciones, las naciones, lenguas, literaturas, aspiraciones, hasta el simple recuerdo del Hombre tal como lo conocía, habían sido barridas de la existencia. En lugar de ello quedaban aquellas gráciles criaturas que habían olvidado a sus antepasados y los seres blancuzcos que me aterraban. Pensé entonces en el gran miedo que separaba a las dos especies y por primera vez, con un estremecimiento repentino, comprendí claramente de dónde procedía la carne que había visto en el mundo subterráneo.

---

43 Movimiento rotatorio retrógado del eje de la Tierra que produce un desplazamiento gradual de los equinoccios hacia el oeste. Wells comete un error de cálculo al afirmar que se habían producido cuarenta precesiones durante los 802 701 años que había avanzado el Viajero del Tiempo: las precesiones se realizan cada 25 960 años, por lo que durante ese lapso solo podrían haberse producido alrededor de treinta.

¡Sin embargo, era demasiado horrible! Contemplé a la pequeña Weena durmiendo junto a mí, su cara blanca y radiante bajo las estrellas y deseché aquel pensamiento inmediatamente.

Entretenido intentando imaginar que podía encontrar las huellas de las viejas constelaciones en la nueva confusión, durante aquella larga noche aparté de mi mente lo mejor que pude a los Morlocks. El cielo seguía muy claro, aparte de algunas nubes como brumosas. Sin duda me adormecí a ratos.

Luego, al transcurrir la noche, se difundió al este una débil claridad por el cielo, como reflejo de un fuego incoloro y salió la luna nueva, delgada, puntiaguda y blanca. E inmediatamente detrás, alcanzándola e inundándola, llegó el alba, pálida al principio y luego rosada y ardiente. Ningún Morlock se había acercado a nosotros. Realmente, aquella noche no había visto ninguno en la colina. Y con la confianza que aportaba el día renovado, me pareció casi que mi miedo había sido irrazonable. Me levanté y vi que mi pie calzado con la bota sin tacón estaba hinchado por el tobillo y muy dolorido bajo el talón; de modo que me senté, me quité las botas y las arrojé lejos.

Desperté a Weena y nos adentramos en el bosque, ahora verde y agradable, en lugar de negro y aborrecible. Encontramos algunas frutas que pudimos comerlas a modo de desayuno. Pronto encontramos a otros delicados Eloi, riendo y danzando al sol como si no existiera en la naturaleza esa cosa que es la noche.

Y entonces pensé otra vez en la carne que había visto. Estaba ahora seguro de lo que era aquello y desde el fondo de mi corazón me apiadé de aquel último y débil arroyuelo del gran río de la humanidad. Evidentemente, en cierto momento del largo pasado de la decadencia humana, el alimento de los Morlocks había escaseado. Habían subsistido quizá con ratas y con inmundicias parecidas. Aun ahora el hombre es mucho menos delicado y exclusivo para su alimentación que lo era en época pasadas; mucho menos que cualquier mono. Su prejuicio contra la carne humana no es un instinto hondamente arraigado. ¡Así pues, aquellos inhumanos hijos de los hombres...! Intenté considerar la cuestión con un enfoque científico. Después de todo, eran menos humanos y estaban más alejados que nuestros caníbales antepasados de hace tres o cuatro mil años. Y había desaparecido la inteligencia que hubiera hecho de ese estado de cosas un tormento. ¿Por qué inquietarme? Aquellos Eloi eran simplemente ganado para cebar que, como las hormigas, los Morlocks preservaban y consumían y a cuya cría tal vez atendían. ¡Y allí estaba Weena bailando a mi lado!

Entonces intenté protegerme a mí mismo del horror que me invadía, considerando aquello como un castigo riguroso del egoísmo humano. El hombre se había contentado con vivir placentera y fácilmente a expensas del trabajo de sus hermanos, había tomado la necesidad como consigna y disculpa y en la plenitud del tiempo la necesidad se había vuelto contra él.

Intenté incluso una especie de desprecio a lo Carlyle[44] de esta mísera aristocracia en decadencia. Pero esta actitud mental resultaba imposible. Por grande que hubiera sido su degeneración intelectual, los Eloi habían conservado demasiado

---

44 Thomas Carlyle (1795-1881), historiador y crítico británico, puso especial énfasis en demostrar la influencia determinante de los grandes hombres en la historia de la humanidad.

la forma humana como para tener derecho a mi simpatía y hacerme compartir a la fuerza su degradación y su miedo.

En aquel momento no tenía en claro qué camino seguir. Mis ideas estaban confusas.

La primera de ellas era asegurarme algún sitio para utilizar como refugio y fabricarme yo mismo las armas de metal o de piedra que pudiera idear para mi defensa. Esta necesidad era inmediata. En segundo lugar, tenía que buscar la manera de poder hacer fuego, teniendo así el arma de una antorcha en la mano, porque había descubierto que nada sería más eficaz que eso contra aquellos Morlocks. Luego, tenía que idear algún artefacto para romper las puertas de bronce que había bajo la Esfinge Blanca. Se me ocurrió hacer una especie de ariete[45]. Estaba convencido de que si podía abrir aquellas puertas y tener delante una llama descubriría la máquina del tiempo y me escaparía con ella. Estaba seguro de que los Morlocks no eran lo suficientemente fuertes para transportar-

---

45 Antigua arma de asedio utilizada para romper puertas o paredes fortificadas.

la lejos. También había resuelto llevarme a Weena conmigo a nuestra época. Y dando vueltas a estos planes en mi cabeza proseguí mi camino hacia el edificio que mi fantasía había escogido para nuestra morada.

XI

El Palacio
de Porcelana Verde

Al filo de mediodía encontré el Palacio de Porcelana Verde desierto y desmoronándose en ruinas. Solo quedaban trozos de vidrio en sus ventanas y extensas capas del verde revestimiento se habían desprendido de las armaduras metálicas corroídas. El palacio estaba situado en lo más alto de una pendiente herbosa; antes de entrar allí, mirando hacia el nordeste, me sorprendió ver un ancho estuario, o incluso una ensenada, donde supuse que Wandsworth[46] y Battersea[47] debían haber estado en otro tiempo. Pensé entonces —aunque solo fue un breve pensamiento—, qué debía haber sucedido, o qué les sucedía, a los seres que vivían en el mar.

Después de bien examinados, los materiales del palacio resultaron ser auténtica porcelana y a lo largo de la fachada vi una inscripción en unos caracteres desconocidos. Neciamente pensé que Weena podía ayudarme a interpretarla, pero me di cuenta luego de que la simple idea de la escritura no había nunca penetrado en su cabeza. Creo que ella me pareció siempre más humana de lo que era, quizá por ser su afecto tan humano.

Pasadas las enormes hojas de la puerta —que estaban abiertas y rotas—, encontramos, —en lugar del acostumbrado vestíbulo—, una larga galería iluminada por numerosas ventanas laterales. A primera vista me recordó un museo. El enlosa-

---

46 Distrito del sudoeste de Londres, en la orilla derecha del Támesis.
47 Parque situado en el sudoeste de Londres.

do estaba cubierto de polvo y una notable exhibición de objetos diversos se ocultaba bajo aquella misma capa gris. Vi entonces, levantándose extraño y ahilado en el centro del vestíbulo —lo que era sin duda— la parte inferior de un inmenso esqueleto. Se trataba de algún ser extinguido, lo reconocí por los pies oblicuos, de la especie del megaterio[48]. El cráneo y los huesos superiores yacían al lado sobre la capa de polvo; y en un sitio en que el agua de la lluvia había caído por una gotera del techo, aquella osamenta estaba deteriorada. Más adelante, en la galería, se hallaba el enorme esqueleto encajonado de un brontosaurio[49]. Mi hipótesis de un museo se confirmaba. En los lados encontré los que me parecieron ser estantes inclinados y quitando la capa de polvo, descubrí las antiguas y familiares cajas encristaladas de nuestro propio tiempo. Por la perfecta conservación de sus contenidos, debían ser herméticas al aire.

---

48 Megatherium es un género extinto de mamíferos perezosos terrestres de gran tamaño, que habitaron en América del Sur desde comienzos del Pleistoceno hasta hace 8 000 años.
49 Brontosaurus es un género con tres especies conocidas de dinosaurios que vivió a finales del periodo Jurásico.

¡Evidentemente, estábamos en medio de las ruinas de algún South Kensington[50] de nuestros días! Allí estaba, la Sección de Paleontología, que debía haber encerrado una espléndida serie de fósiles, aunque el inevitable proceso de descomposición, que había sido detenido por un tiempo, perdiendo gracias a la extinción de las bacterias y del moho las noventa y nueve centésimas de su fuerza, se había, sin embargo, puesto de nuevo a la obra con extrema seguridad, aunque con suma lentitud, para la destrucción de todos sus tesoros. Por todos lados encontré vestigios de los pequeños seres en forma de fósiles raros y rotos en pedazos o ensartados con fibra de cañas. Y parecía que las cajas, en algunos casos, habían sido removidas por los Morlocks. Reinaba un gran silencio en aquel sitio. La capa de polvo amortiguaba nuestras pisadas. Weena, que hacía rodar un erizo de mar sobre el cristal inclinado de una caja, se acercó a mí —mientras miraba fijamente alrededor—, me cogió muy tranquilamente la mano

---

50 Museo londinense fundado en 1835. En 1899 se le cambió el nombre por el de Victoria and Albert Museum.

y permaneció a mi lado. Al principio me dejó tan sorprendido aquel antiguo monumento de una época intelectual, que no me paré a pensar en las posibilidades que presentaba.

Se alejó de mi mente hasta la preocupación por la máquina del tiempo. A juzgar por el tamaño del lugar, aquel Palacio de Porcelana Verde contenía muchas más cosas que una Galería de Paleontología; posiblemente tenía galerías históricas; ¡e incluso podía haber allí una biblioteca! Para mí, al menos en aquellas circunstancias, hubiera sido mucho más interesante que aquel espectáculo de una vieja geología en decadencia. En mi exploración encontré otra corta galería, que se extendía transversalmente a la primera.

Parecía estar dedicada a los minerales y la vista de un bloque de azufre despertó en mi mente la idea de la potencia de la pólvora. Pero no pude encontrar salitre; ni nitrato de ninguna clase. Sin duda se habían disuelto desde hacía muchas edades. Sin embargo, el azufre persistió en mi pensamiento e hizo surgir una serie de asociaciones de cosas. En cuanto al resto del contenido de aquella galería, aunque en conjunto era lo mejor conservado de todo cuanto vi, me interesaba poco. No soy especialista en mineralogía. Me dirigí hacia un ala muy ruinosa paralela al primer vestíbulo en que habíamos entrado. Evidentemente, aquella sección estaba dedicada a la Historia Natural, pero todo resultaba allí imposible de reconocer. Unos cuantos vestigios encogidos y ennegrecidos de lo que habían sido en otro tiempo animales disecados, momias disecadas en frascos que habían contenido antaño alcohol, un polvo marrón de plantas desaparecidas:.¡eso era todo! Lo deploré, porque me hubiese alegrado trazar los pacientes reajustes por medio de los cuales habían conseguido hacer la conquista de la naturaleza animada.

Luego, llegamos a una galería de dimensiones sencillamente colosales, pero muy mal iluminada y cuyo suelo en suave pendiente hacía un ligero ángulo con la última galería en que había entrado. Varios globos blancos pendían del techo —muchos rajados y rotos— indicando que en su origen aquel sitio había estado iluminado artificialmente. Allí me encontraba más en mi elemento, pues de cada lado se levantaban las enormes masas de unas gigantescas máquinas, todas muy corroídas y muchas rotas, pero algunas aún bastante completas. Siento cierta debilidad por la mecánica y estaba dispuesto a detenerme entre ellas; tanto más cuanto que la mayoría ofrecían el interés de un rompecabezas y no podía hacer más que vagas conjeturas respecto a su utilidad. Me imaginé que si podía resolver aquellos rompecabezas me encontraría en posesión de fuerzas que podían servirme contra los Morlocks.

De pronto, Weena se acercó mucho a mí. Tan repentinamente, que me estremecí. Si no hubiera sido por ella no creo que hubiese notado que el suelo de la galería era inclinado. El extremo a que había llegado se hallaba por completo encima del suelo y estaba iluminado por escasas ventanas. Al descender en su longitud, el suelo se elevaba contra aquellas ventanas, con solo una estrecha faja de luz en lo alto delante de cada una de ellas, hasta ser al final un foso, como el sótano de una casa de Londres. Avancé despacio, intentando averiguar el uso de las máquinas y prestándoles demasiada atención para advertir la disminución gradual de la luz del día, hasta que las crecientes inquietudes de Weena atrajeron mi atención hacia ello. Vi entonces que la galería quedaba sumida al final en densas tinieblas. Vacilé. Al mirar a mi alrededor, vi que la capa de polvo era menos abundante y su superficie menos lisa. Más lejos, hacia la oscuridad, parecía marcada por varias pisadas, menudas y estrechas. Mi sensación de la presencia inmediata de los Morlocks se reavivó esa visión. Comprendí que estaba perdiendo el tiempo en aquel examen académico de la maquinaria.

Recordé que la tarde se hallaba ya muy avanzada y que no tenía aún ni arma, ni refugio, ni medios de hacer fuego. Y luego, viniendo del fondo, en la remota oscuridad de la galería, oí el peculiar pateo y los mismos raros ruidos que había percibido abajo en el pozo.

Cogí la mano de Weena. Luego, con una idea repentina, la solté y volví hacia una máquina de la cual sobresalía una palanca bastante parecida a las de las garitas de señales en las estaciones. Subiendo a la plataforma, cogí aquella palanca y la torcí hacia un lado con toda mi fuerza. De repente, Weena —abandonada en la nave central—, empezó a gemir. Había calculado la resistencia de la palanca con bastante precisión, pues al minuto de esfuerzos se partió y me uní a Weena con una maza en la mano, más que suficiente, creía, para romper el cráneo de cualquier Morlock que pudiese encontrar.

Estaba impaciente por matar a un Morlock o a varios. ¡Quizá les parecerá muy inhumano aquel deseo de matar a mis propios descendientes! Pero era imposible, de cualquier modo, sentir ninguna piedad por aquellos seres. Tan solo mi aversión a abandonar a Weena y el convencimiento de que si comenzaba a apagar mi sed de matanza mi máquina del tiempo sufriría por ello, me contuvieron de bajar derechamente a la galería y de ir a matar a los Morlocks.

Así pues, con la maza en una mano y llevando de la otra a Weena, salí de aquella galería y entré en otra más amplia aún, que a primera vista me recordó una capilla militar con banderas desgarradas colgadas. Pronto reconocí en los harapos oscuros y carbonizados que pendían a los lados restos averiados de libros. Desde hacía largo tiempo se habían caído a pedazos, desapareciendo en ellos toda apariencia de impresión. Pero por todos lados las cubiertas acartonadas y cierres metálicos daban muestra sobre aquella historia. De haber sido un literato, hubiese podido quizá moralizar sobre la insignificancia de toda ambición.

Pero la cosa que me impresionó fuertemente fue el enorme derroche de trabajo que aquella sombría mezcolanza de papel podrido atestiguaba. Debo confesar que en aquel momento pensé principalmente en las *Philosophical Transactions*[51] y en mis propios diecisiete trabajos sobre física óptica.

Luego, subiendo una ancha escalera llegamos a lo que debía haber sido en otro tiempo una galería de química técnica. Y allí tuve una gran esperanza de hacer descubrimientos útiles. Excepto en un extremo, donde el techo se había desplomado, aquella galería estaba bien conservada. Fui presuroso hacia las cajas que no estaban deshechas y que eran realmente herméticas. Y al fin, en una de ellas, encontré una caja de cerillas. Probé una a toda prisa. Estaban en perfecto estado. Ni siquiera parecían húmedas. Me volví hacia Weena.

—¡Baila! —le grité en su propia lengua.

---

51 Transacciones filosóficas es una publicación de la Royal Society of London equivalente a la Real Academia de Ciencias Exactas, Físicas y Naturales.

Pues ahora poseía una verdadera arma contra los horribles seres a quienes temíamos. Y así, en aquel museo abandonado, sobre el espeso y suave tapiz de polvo, ante el inmenso deleite de Weena, ejecuté solemnemente una especie de danza compuesta, silbando unos compases de *El país del hombre leal*, tan alegremente como pude. Era en parte un modesto cancán, en parte un paso de baile, en parte una danza de faldón (hasta donde mi levita lo permitía) y en parte original. Porque, como ustedes saben, soy inventivo por naturaleza.

Aun ahora pienso que resultaba muy extraño el hecho de haber escapado aquella caja de cerillas al desgaste del tiempo durante años memoriales. Pero para mí fue la cosa más afortunada. Además, de un modo bastante singular, encontré una sustancia más inverosímil, que fue alcanfor. Lo hallé en un frasco sellado que, por casualidad, supongo, había sido en verdad herméticamente cerrado.

Rompí el cristal creyendo al principio que sería cera de parafina. Pero el olor del alcanfor era evidente. En la descomposición universal aquella sustancia volátil había sobrevivido casualmente, quizá a través de muchos miles de centurias. Esto me recordó una pintura en sepia que había visto ejecutar una vez con la tinta de una belemnita[52] fósil hacía millones de años. Estaba a punto de tirarlo, pero recordé que el alcanfor era inflamable y que ardía con una buena y brillante llama —fue, en efecto, una excelente bujía— y me lo metí en el bolsillo. No encontré explosivos, ni medio alguno de derribar las puertas de bronce. Todavía mi palanca de hierro era la cosa más útil que poseía por casualidad. A pesar de mis escasos hallazgos, salí de aquella galería muy exaltado.

No puedo contarles toda la historia de aquella larga tarde.

Exigiría un gran esfuerzo de memoria recordar mis exploraciones en todo su adecuado orden. Recuerdo una larga galería con panoplias[53] de armas enmohecidas y cómo vacilé entre mi palanca y un hacha o una espada. No podía, sin embargo, llevarme las dos y mi barra de hierro prometía un mejor resultado contra las puertas de bronce. Ha-

---

52 Fósil de figura cónica o de maza. Es la extremidad de la concha interna que tenían ciertos moluscos marinos que vivieron en los períodos jurásico y cretáceo.
53 Palabra de origen griego antiguo *panhoplon* compuesta por *pan* (todo) y *hóplon* (armas en general). Significaría una colección de todas las armas.

bía allí innumerables fusiles, pistolas y rifles. La mayoría eran masas de herrumbre, pero muchas estaban hechas de algún nuevo metal y se hallaban aún en bastante buen estado. Pero todo lo que en otro tiempo pudo haber sido cartuchos estaba convertido en polvo. Vi que una de las esquinas de aquella galería estaba carbonizada y derruida; quizá —me imagino— por la explosión de alguna de las muestras. En otro sitio había una amplia exposición de ídolos —polinésicos, mexicanos, griegos, fenicios—, creo que de todos los países de la Tierra. Y allí, cediendo a un impulso irresistible, escribí mi nombre sobre la nariz de un monstruo de esteatita[54] procedente de Sudamérica, que impresionó en especial mi imaginación.

A medida que caía la tarde, mi interés disminuía. Recorrí galería tras galería, polvorientas, silenciosas, con frecuencia ruinosas; los objetos allí expuestos eran a veces meros montones de herrumbre y de lignito, en algunos casos recientes. En un lugar me encontré de repente cerca

---

54 Roca compuesta principalmente de talco y porciones menores de cuarzo, mica, clorita, magnetita y hierro.

del modelo de una mina de estaño y entonces por el más simple azar descubrí dentro de una caja hermética dos cartuchos de dinamita. Lancé un «¡Eureka!» y rompí aquella caja con alegría. Entonces dudé. Vacilé. Luego, escogiendo una pequeña galería lateral, hice la prueba. No he experimentado nunca desengaño igual al que sentí esperando cinco, diez, quince minutos a que se produjese una explosión. Naturalmente, aquello era simulado, como debía haberlo supuesto por su sola presencia allí. Creo que de no haber sido así, me hubiese precipitado inmediatamente y hecho saltar la Esfinge, las puertas de bronce y —como quedó probado— mis probabilidades de encontrar la máquina del tiempo, acabando con todo.

Después de aquello llegamos a un pequeño patio abierto del palacio. Estaba tapizado de césped y habían crecido tres árboles frutales en su centro. De modo que descansamos y nos refrescamos allí. Hacia el ocaso empecé a pensar en nuestra situación. La noche se arrastraba a nuestro alrededor y aún tenía que encontrar nuestro inaccesible escondite. Pero aquello me inquietaba ahora muy poco. Tenía en mi poder una cosa que era, quizá, la mejor de todas las defensas contra los Morlocks: ¡tenía cerillas!

Por si era necesaria una llamarada, llevaba también el alcanfor en el bolsillo. Me parecía que lo mejor que podíamos hacer era pasar la noche al aire libre, protegidos por el fuego. Por la mañana recuperaría la máquina del tiempo. Hasta ese momento solo tenía mi maza de hierro. Pero ahora, con mi creciente descubrimiento, mis sentimientos respecto a aquellas puertas de bronce eran muy diferentes. Hasta aquel momento, me había abstenido de forzarlas, en gran parte a causa del misterio del otro lado. No me habían hecho nunca la impresión de ser muy resistentes y esperaba que mi barra de hierro no sería del todo inadecuada para aquella obra.

XII

En las tinieblas

Salimos del palacio cuando el sol estaba aún en parte sobre el horizonte.

Había decidido llegar a la Esfinge Blanca a la mañana siguiente muy temprano y tenía el propósito de atravesar el bosque antes del anochecer que me había detenido en mi anterior trayecto. Mi plan era ir lo más lejos posible aquella noche, hacer un fuego y dormir bajo la protección de su resplandor. De acuerdo con esto, mientras caminábamos recogí varias ramas y hierbas secas y enseguida tuve los brazos repletos con ellas. Así cargado, avanzábamos más lentamente de lo que había previsto —y además Weena estaba rendida y yo empezaba también a tener sueño— de modo que era noche cerrada cuando llegamos al bosque. Weena hubiera querido detenerse en un altozano con arbustos que había en su lindero, temiendo que la oscuridad se nos anticipase; pero una singular sensación de calamidad inminente, que hubiera debido realmente servirme de advertencia, me impulsó hacia adelante. Me sentía febril e irritable, pues llevaba dos días y una noche sin dormir. Sentía que el sueño me invadía y que con él vendrían los Morlocks.

Mientras vacilábamos, entre la negra maleza —a nuestra espalda, confusas en la oscuridad—, vi tres figuras agachadas. Había matas y altas hierbas a nuestro alrededor y no me sentía a salvo de un astuto ataque. El bosque, según mi cálculo, debía tener menos de una milla de largo. Si podíamos atravesarlo y llegar a la ladera pelada, me parecía que encontraríamos un sitio donde descansar con plena seguridad; pensé que con mis cerillas y mi alcanfor lograría iluminar mi camino por el bosque. Sin embargo, era evidente que si tenía que agitar las cerillas con mis manos debería abandonar mi leña; y así, más bien de mala gana, la dejé en el suelo. Y entonces se me ocurrió la idea de prenderle fuego para asombrar a los seres ocultos a nuestra espalda.

Pronto iba a descubrir la atroz locura de aquel acto; pero entonces se presentó a mi mente como un recurso ingenioso para cubrir nuestra retirada.

No sé si han pensado ustedes alguna vez qué extraña cosa es la llama en ausencia del hombre y en un clima templado. El calor del sol es rara vez lo bastante fuerte para producir llama, aunque esté concentrado por gotas de rocío, como ocurre a veces en las comarcas más tropicales. El rayo puede destrozar y carbonizar, mas con poca frecuencia es causa de incendios extensos. La vegetación que se descompone puede casualmente arder con el calor de su fermentación, pero es raro que produzca llama. En aquella época de decadencia, además, el arte de hacer fuego había sido olvidado en la Tierra.

Las rojas lenguas que subían lamiendo mi montón de leña eran para Weena algo nuevo y extraño por completo.

Quería cogerlas y jugar con ellas. Creo que, de no haberla contenido, se hubiese arrojado dentro. Pero la levanté y, pese a sus esfuerzos, me adentré osadamente en el bosque. Durante un breve rato, el resplandor de aquel fuego iluminó mi camino. Al mirar luego hacia atrás pude ver, entre los apiñados troncos, que de mi montón de ramaje la llama se había extendido a algunas matas contiguas y que una línea curva de fuego se arrastraba por la hierba de la colina. Aquello me hizo reír y volví de nuevo a caminar avanzando entre los árboles oscuros. La oscuridad era completa y Weena se aferraba a mí convulsivamente; pero como mis ojos se iban acostumbrando a las tinieblas, había aún la suficiente luz para permitirme evitar los troncos. Sobre mi cabeza todo estaba negro, excepto algún resquicio de cielo azul que brillaba aquí y allá sobre nosotros. No encendí ninguna de mis cerillas, porque no tenía las manos libres. Con mi brazo izquierdo sostenía a mi amiguita y en la mano derecha llevaba mi barra de hierro.

Durante un rato no oí más que los crujidos de las ramitas bajo mis pies, el débil susurro de la brisa sobre mí, mi propia respiración y los latidos de los vasos sanguíneos en mis oídos. Luego me pareció percibir unos leves ruidos a mi alrededor. Apresuré el paso. Los ruidos se hicieron más claros y capté los mismos extraños sonidos y las voces que había oído en el mundo subterráneo. Evidentemente había allí varios Morlocks y nos iban rodeando. En efecto, un minuto después sentí un tirón de mi chaqueta y luego de mi brazo. Y Weena se estremeció violentamente, quedando inmóvil en absoluto.

Era el momento de encender una cerilla. Pero para ello tuve que dejar a Weena en el suelo. Así lo hice y mientras registraba mi bolsillo, se inició una lucha en la oscuridad cerca de mis rodillas, completamente silenciosa por parte de ella y con los mismos peculiares sonidos arrulladores por parte de los Morlocks. Unas suaves manitas se deslizaban también sobre mi chaqueta y mi espalda, incluso mi cuello. Entonces rasqué y encendí la cerilla. La levanté flameante y vi las blancas espaldas de los Morlocks que huían entre los árboles.

Cogí presuroso un trozo de alcanfor de mi bolsillo y me preparé a encenderlo tan pronto como la cerilla se apagase. Luego examiné a Weena.

Yacía en tierra, agarrada a mis pies, completamente inanimada, de bruces sobre el suelo. Con un terror repentino me incliné hacia ella. Parecía respirar apenas. Encendí el trozo de alcanfor y lo puse sobre el suelo; y mientras estallaba y llameaba, alejando los Morlocks y las sombras, me arrodillé y la incorporé. ¡A mi espalda el bosque parecía lleno de la agitación y del murmullo de una gran multitud!

Weena parecía estar desmayada. La coloqué con sumo cuidado sobre mi hombro y me levanté para caminar; y entonces se me apareció la horrible realidad. Al maniobrar con mis cerillas y con Weena, había dado varias vueltas sobre mí mismo y ahora no tenía ni la más mínima idea de la dirección en que estaba mi camino. Todo lo que pude saber es que debía hallarme de cara al Palacio de Porcelana Verde. Sentí un sudor frío por mi cuerpo. Era preciso pensar rápidamente qué debía hacer. Decidí encender un fuego y acampar donde estábamos. Apoyé a Weena, todavía inanimada, sobre un tronco cubierto de musgo y a toda prisa, cuando mi primer trozo de alcanfor iba a apagarse, empecé a amontonar ramas y hojas. Por todos lados, en las tinieblas, a nuestro alrededor, los ojos de los Morlocks brillaban como carbunclos[55].

El alcanfor vaciló y se extinguió. Encendí una cerilla y mientras lo hacía, dos formas blancas que se habían acercado a Weena, huyeron apresuradamente. Una de ellas quedó tan cegada por la luz que vino directamente hacia mí y sentí sus huesos partirse bajo mi violento puñetazo.

Lanzó un grito de espanto, se tambaleó un momento y se desplomó. Encendí otro trozo de alcanfor y seguí acumulando la leña de mi hoguera. Pronto noté lo seco que estaba el follaje encima de mí, pues desde mi llegada en la máquina del tiempo, una semana antes, no había llovido. Por eso, en lugar de buscar entre los árboles caídos, empecé a alcanzar y a partir ramas. Conseguí en seguida un fuego sofocante de leña verde y de ramas secas y pude economizar mi alcanfor. Enton-

---

55 Carbunclo, carbúnculo y rubí son sinónimos. Es un mineral cristalizado de color rojizo, caracterizado por su brillo y dureza.

ces volví donde Weena yacía junto a mi maza de hierro. Intenté todo cuanto pude para reanimarla, pero estaba como muerta.

No logré siquiera comprobar si respiraba o no.

El humo del fuego me envolvía y me dejó un tanto confuso. Además, los vapores del alcanfor flotaban en el aire. Mi fuego podía durar aún una hora, aproximadamente. Me sentía muy débil después de aquellos esfuerzos y me senté. El bosque también estaba lleno de un soñoliento murmullo que no podía comprender. Me pareció realmente que dormitaba y abrí los ojos. Pero todo estaba oscuro y los Morlocks tenían sus manos sobre mí. Rechazando sus dedos que me asían, busqué apresuradamente la caja de cerillas de mi bolsillo y... ¡había desaparecido!

Entonces me agarraron y cayeron sobre mí de nuevo. Y me di cuenta de lo que había sucedido: me había dormido y mi fuego se extinguió; la amargura de la muerte invadió mi alma. La selva parecía llena del olor a madera quemada.

Fui cogido del cuello, del pelo, de los brazos y derribado. Era de un horror indescriptible sentir en las tinieblas todos aquellos seres amontonados sobre mí.

Tuve la sensación de hallarme apresado en una monstruosa telaraña. Estaba vencido y me abandoné. Sentí que unos dientecillos me mordían en el cuello.

Rodé hacia un lado y mi mano cayó por casualidad sobre mi palanca de hierro.

Esto me dio nuevas fuerzas. Luché, apartando de mí aquellas ratas humanas y, sujetando la barra con fuerza, la hundí donde imaginé que debían estar sus caras. Sentía bajo mis golpes el magnífico aplastamiento de la carne y de los huesos y por un instante estuve libre.

La extraña exultación que con tanta frecuencia parece acompañar una lucha encarnizada me invadió. Sabía que Weena y yo estábamos perdidos, pero decidí hacerles pagar caro su alimento a los Morlocks. Me levanté y apoyándome contra un árbol, blandí la barra de hierro ante mí. El bosque entero estaba lleno de la agitación y del griterío de aquellos seres. Pasó un minuto. Sus voces parecieron elevarse hasta un alto grado de excitación y sus movimientos se hicieron más rápidos. Sin embargo, ninguno se puso a mi alcance.

Permanecí mirando fijamente en las tinieblas. Luego tuve de repente una esperanza. ¿Qué era lo que podía espantar a los Morlocks? Y al instante de hacerme esta pregunta sucedió algo extraño. Las tinieblas parecieron tornarse luminosas. Muy confusamente comencé a ver a los Morlocks a mi alrededor —tres de ellos derribados a mis pies— y entonces reconocí con una sorpresa incrédula que los otros huían, en una oleada incesante, al parecer, por detrás de mí y que desaparecían en el bosque. Sus espaldas no eran ya blancas sino rojizas. Mientras permanecía con la boca abierta, vi una chispita roja revolotear y disiparse, en un retazo de cielo estrellado, a través de las ramas. Y por ello comprendí el olor a madera quemada, el murmullo monótono que se había convertido ahora en un borrascoso estruendo, el resplandor rojizo y la huida de los Morlocks.

Separándome del tronco de mi árbol y mirando hacia atrás, vi entre las negras columnas de los árboles más cercanos las llamas del bosque incendiado. Era mi primer fuego que me seguía. Por eso busqué a Weena, pero había desaparecido. Detrás de mí los silbidos y las crepitaciones, el ruido estallante de cada árbol que se prendía me dejaban poco tiempo para reflexionar. Con mi barra de hierro en la mano seguí la trayectoria de los Morlocks. Fue una carrera precipitada. En una ocasión las llamas avanzaron tan rápidamente a mi derecha, mientras corría, que fui adelantado y tuve que desviarme hacia la izquierda. Pero al fin salí a un pequeño claro y en el mismo momento un Morlock vino equivocado hacia mí, me pasó, ¡y se precipitó directamente en el fuego!

Creo que me tocó contemplar la cosa más fantasmagórica y horripilante de todas las que había visto en aquella edad futura. Todo el espacio descubierto estaba tan iluminado como si fuese de día por el reflejo del incendio. En el centro había un montículo o túmulo, coronado por un espino abrasado. Detrás, otra parte del bosque incendiado, con lenguas amarillas que se retorcían, cercando por completo el espacio con una barrera de fuego. Sobre la ladera de la colina estaban treinta o cuarenta Morlocks, cegados por la luz y el calor, corriendo desatinadamente de un lado para otro, chocando entre ellos en su trastornada huida.

Al principio no pensé que estuvieran cegados y cuando se acercaron los golpeé furiosamente con mi barra, en un frenesí de pavor, matando a uno y lisiando a varios más. Pero cuando hube observado los gestos de uno de ellos yendo a tientas entre el espino bajo el rojo cielo y oí sus quejidos, me convencí de su absoluta y desdichada impotencia bajo aquel resplandor y no los golpeé más.

Sin embargo, de vez en cuando uno de ellos venía directamente hacia mí, causándome un estremecimiento de horror que hacía que le rehuyese con toda premura. En un momento dado las llamas bajaron algo y temí que aquellos inmundos seres consiguieran verme. Pensé incluso entablar la lucha matando a algunos de ellos antes de que sucediese aquello; pero el fuego volvió a brillar voraz y contuve mi mano. Me paseé alrededor de la colina entre ellos, rehuyéndolos, buscando alguna huella de Weena. Pero Weena había desaparecido.

Al final me senté en la cima del montículo y contemplé aquel increíble tropel de seres ciegos arrastrándose de aquí para allá y lanzando pavorosos gritos mientras el resplandor del incendio los envolvía. Las densas volutas de humo ascendían hacia el cielo y a través de los raros resquicios de aquel rojo dosel, lejanas como si perteneciesen a otro Universo, brillaban menudas las estrellas. Dos o tres Morlocks vinieron a tropezar conmigo; los rechacé a puñetazos, temblando al hacerlo.

Durante la mayor parte de aquella noche tuve el convencimiento de que sufría una pesadilla. Me mordí a mí mismo y grité con el ardiente deseo de despertarme. Golpeé la tierra con mis manos, me levanté y volví a sentarme, vagué de un lado a otro y me senté de nuevo. Luego llegué a frotarme los ojos y a pedir a Dios que me despertase. Tres veces vi a unos Morlocks lanzarse dentro de las llamas en una especie de agonía. Pero al final, por encima de las encalmadas llamas del incendio, por encima de las flotantes masas de humo negro, el blancor y la negrura de los troncos y el número decreciente de aquellos seres indistintos, surgió la blanca luz del día.

Busqué de nuevo las huellas de Weena, pero allí no encontré ninguna. Era evidente que ellos habían abandonado su pobre pequeño cuerpo en el bosque. No puedo describir hasta qué punto alivió mi dolor el pensar que ella se había librado del horrible destino que parecía estarle reservado. Pensando en esto, sentí casi impulsos de comenzar la matanza de las impotentes abominaciones que estaban a mi alrededor, pero me contuve. Aquel montículo, como ya les he contado, era una especie de isla en el bosque. Desde su cumbre, podía ahora descubrir a través de una niebla de humo el Palacio de Porcelana Verde y desde allí orientarme hacia la Esfinge Blanca. Y así, abandonando el resto de aquellas almas malditas —que continuaban moviéndose de aquí para allá gimiendo, mientras el día iba clareando— até algunas hierbas alrededor de mis pies y avancé cojeando —entre las cenizas humeantes y los troncos negruzcos, agitados aún por el fuego en una conmoción interna— hacia el escondite de la máquina del tiempo. Caminaba despacio, pues estaba casi agotado además de cojo y me sentía hondamente desdichado con la horrible muerte de la pequeña Weena. Me parecía una calamidad abrumadora. Ahora, en esta vieja habitación familiar, aquello se me antoja más la pena de un sueño que una pérdida real. Pero aquella mañana su pérdida me dejó otra vez solo por completo, terriblemente solo. Empecé a pensar en esta, mi casa, en el rincón junto al fuego, en algunos de ustedes. Y con tales pensamientos se apoderó de mí un anhelo que era un sufrimiento.

Pero al caminar sobre las cenizas humeantes bajo el brillante cielo matinal, hice un descubrimiento. En el bolsillo del pantalón quedaban algunas cerillas.

Debían haberse caído de la caja antes de que esta se perdiese.

XIII

La trampa de la Esfinge Blanca

Alrededor de las ocho o las nueve de la mañana llegué al mismo asiento de metal amarillo desde el cual había contemplado el mundo la noche de mi llegada. Pensé en las conclusiones precipitadas que hice aquella noche y no pude dejar de reírme amargamente de mi presunción. Allí había aún el mismo bello paisaje, el mismo abundante

follaje; los mismos espléndidos palacios y magní-
ficas ruinas, el mismo río plateado corriendo entre sus fértiles orillas.

Aquellos delicados seres se movían de aquí para
allí entre los árboles con sus alegres vestidos. Algunos se bañaban en el sitio preciso en que había
salvado a Weena y esto me asestó de repente una
aguda puñalada de dolor.

Se elevaban las cúpulas por encima de los caminos hacia el mundo subterráneo como manchas
sobre el paisaje. Sabía ahora lo que ocultaba toda
la belleza del mundo superior. Sus días eran muy
agradables, como lo son los días que pasa el ganado en el campo. Como el ganado, ellos ignoraban
que tuviesen enemigos y no prevenían sus necesidades. Y su fin era el mismo.

Me afligió pensar cuán breve había sido el sueño de la inteligencia humana. Se había suicidado.
Se había puesto con firmeza en busca de la comodidad y el bienestar de una sociedad equilibrada
con seguridad y estabilidad, como lema; había
realizado sus esperanzas, para llegar a esto al final. Alguna vez, la vida y la propiedad debieron
alcanzar una casi absoluta seguridad. Al rico le

habían garantizado su riqueza y su bienestar, al trabajador su vida y su trabajo. Sin duda en aquel mundo perfecto no había existido ningún problema de desempleo, ninguna cuestión social se dejada sin resolver. Y esto había sido seguido de una gran calma.

Una ley natural que olvidamos es que la versatilidad intelectual es la compensación por el cambio, el peligro y la inquietud. Un animal en perfecta armonía con su medio ambiente es un perfecto mecanismo. La naturaleza nunca hace un llamamiento a la inteligencia, como el hábito y el instinto no sean inútiles. No hay inteligencia allí donde no hay cambio ni necesidad de cambio. Solo los animales que cuentan con inteligencia tienen que hacer frente a una enorme variedad de necesidades y de peligros.

Así pues, como podía ver, el hombre del mundo superior había derivado hacia su blanda belleza y el del mundo subterráneo hacia la simple industria mecánica. Pero aquel perfecto estado todavía carecía de una cosa para alcanzar la perfección mecánica: la estabilidad absoluta. Evidentemente, a medida que transcurría el tiempo, la subsistencia del mundo subterráneo, como quiera que se efectuase, se había alterado. La madre necesidad, que había sido rechazada durante algunos milenios, volvió otra vez y comenzó de nuevo su obra abajo, en el mundo subterráneo.

Allí, al estar en contacto con una maquinaria que, aun siendo perfecta, necesitaba sin embargo un poco de pensamiento además del hábito, había probablemente conservado, por fuerza, bastante más iniciativa, pero menos carácter humano que el mundo superior. Y cuando les faltó un tipo de carne, acudieron a lo que una antigua costumbre les había prohibido hasta entonces. De esta manera vi en mi última mirada el mundo del año 802 701.

Esta es tal vez la explicación más errónea que puede inventar un mortal. Esta es, sin embargo, la forma que tomó para mí la cosa y así se la ofrezco a ustedes.

Después de las fatigas, las excitaciones y los terrores de los pasados días y pese a mi dolor, aquel asiento, la tranquila vista y el calor del sol eran muy agradables. Estaba muy cansado y soñoliento y pronto mis especulaciones se convirtieron en sopor. Comprendiéndolo así, acepté mi propia sugerencia y tendiéndome sobre el césped gocé de un sueño vivificador. Me desperté un poco antes de ponerse el sol. Me sentía ahora a salvo de ser sorprendido por los Morlocks y, desperezándome, bajé por la colina hacia la Esfinge Blanca.

Llevaba mi palanca en una mano y la otra jugaba con las cerillas en mi bolsillo.

Y ahora viene lo más inesperado. Al acercarme al pedestal de la esfinge, encontré las hojas de bronce abiertas. Habían resbalado hacia abajo sobre unas ranuras.

Ante esto me detuve en seco vacilando en entrar.

Dentro había un pequeño aposento y en un rincón elevado estaba la máquina del tiempo. Tenía las pequeñas palancas en mi bolsillo. Así pues, después de todos mis estudiados preparativos para el asedio de la Esfinge Blanca, me encontraba con una humilde rendición. Tiré mi barra de hierro, sintiendo casi que no la había usado.

Me vino a la mente un repentino pensamiento cuando me agachaba hacia la entrada. Por una vez al menos capté las operaciones mentales de los Morlocks. Conteniendo un enorme deseo de reír, pasé bajo el marco de bronce y avancé hacia la máquina del tiempo. Me sorprendió observar que había sido cuidadosamente engrasada y limpiada. Después he sospechado que los Morlocks la habían desmontado en parte, intentando a su insegura manera averiguar para qué servía.

Ahora, mientras la examinaba, encontrando un placer en el simple contacto con el aparato, sucedió lo que esperaba. Los paneles de bronce resbalaron de repente y cerraron el marco con un ruido metálico. Y de esta manera me hallé en la oscuridad, cogido en la trampa que me habían tendido. Eso pensaban los Morlocks. Me reí entre dientes animadamente.

Ya podía oír su risueño murmullo mientras avanzaban hacia mí. Con toda tranquilidad intenté encender una cerilla. No tenía más que tirar de las palancas y partiría como un fantasma. Pero había olvidado una cosa insignificante. Las cerillas eran de esa clase de elementos que solo se encienden rascándolas sobre la caja.

Ya podéis imaginar cómo desapareció toda mi calma. Los pequeños brutos estaban muy cerca de mí. Uno de ellos me tocó. Con la ayuda de las palancas barrí de un golpe la oscuridad y empecé a subir al sillín de la máquina. Entonces una mano se posó sobre mí y luego otra. Por lo tanto simplemente tenía que luchar contra sus dedos persistentes para defender mis palancas y al mismo tiempo encontrar a tientas los pernos sobre los cuales encajaban. Casi consiguieron apartar una de mí. Pero cuando sentí que se me escurría de la mano, no tuve más remedio que topar mi cabeza en la oscuridad —pude oír retumbar el cráneo del Morlock— para recuperarla.

Creo que aquel último esfuerzo representaba algo más inmediato que la lucha en la selva.

Pero al fin la palanca quedó encajada en el movimiento de la puesta en marcha. Las manos que me asían se desprendieron de mí. Las tinieblas se disiparon luego ante mis ojos. Y me encontré en la misma luz grisácea y entre el mismo tumulto que ya he descripto anteriormente.

XIV

La visión más distante

Ya les he narrado las náuseas y la confusión que produce el viajar a través del tiempo. Y ahora no estaba bien sentado en el sillín, sino puesto de lado y de un modo inestable. Durante un tiempo indefinido, me cogí a la máquina que oscilaba y vibraba sin preocuparme en absoluto cómo iba y cuando quise mirar los cuadrantes de nuevo, me dejó asombrado ver adónde había llegado.

Uno de los cuadrantes señala los días; otro, los millares de días; otro, los millones de días y otro, los miles de millones. Ahora, en lugar de poner las palancas en marcha atrás las había puesto en posición de marcha hacia delante y cuando consulté aquellos indicadores vi que la aguja de los millares iba tan de prisa como la del segundero de un reloj giraba hacia el futuro.

Entretanto, un cambio peculiar se efectuaba en el aspecto de las cosas. La palpitación grisácea se tornó oscura; entonces —aunque estaba viajando todavía a una velocidad asombrosa— la sucesión parpadeante del día y de la noche, que indicaba por lo general una marcha aminorada, volvió cada vez más acusada. Esto me desconcertó mucho al principio. Las alternativas de día y de noche se hicieron más y más lentas, así como también el paso del sol por el cielo, aunque parecían extenderse a través de las centurias. Al final, un constante crepúsculo envolvió la Tierra, un crepúsculo interrumpido tan solo de vez en cuando por el resplandor de un cometa en el cielo ennegrecido. La faja de luz que señalaba el sol había desaparecido hacía bastante rato, pues el sol no se ponía; simplemente se levantaba y descendía por el oeste, mostrándose más grande y más rojo. No había ningún rastro de la luna, parecía que se había desvanecido. Las revoluciones de las estrellas, cada vez más lentas, fueron sustituidas por puntos de luz que ascendían despacio. Al final, poco antes de hacer alto, el sol rojo e inmenso se quedó inmóvil sobre el horizonte: una amplia cúpula que brillaba con un resplandor empañado y que sufría de vez en cuando una extinción momentánea. Una vez se reanimó un poco mientras brillaba con más fulgor nuevamente, pero recobró en seguida su rojo y sombrío resplandor.

Entonces comprendí que por aquel aminoramiento de su salida y de su puesta se realizaba la obra de las mareas. La Tierra reposaba con una de sus caras vuelta hacia el Sol, del mismo modo que en nuestra propia época la Luna presenta su cara a la Tierra. Con mucha cautela, pues recordé mi anterior caída de bruces, empecé a invertir el movimiento. Giraron cada vez más despacio las agujas hasta que la de los millares pareció inmovilizarse y la de los días dejó de ser una simple nube sobre su cuadrante. Más despacio aún, hasta que los vagos contornos de una playa desolada se hicieron visibles.

Me detuve muy delicadamente y, sentado en la máquina del tiempo, miré alrededor. El cielo ya no era azul.

Hacia el nordeste era de un negro intenso y en aquellas tinieblas brillaban con gran fulgor incesante las pálidas estrellas. Sobre mí era de un almagre[56] intenso y sin estrellas y al sudeste se hacía brillante, llegando a un escarlata resplandeciente hasta donde, cortado por el horizonte, estaba el inmenso disco del sol, rojo e inmóvil. Las rocas a mi alrededor eran de un áspero color rojizo y el único vestigio de vida que pude ver al principio fue la vegetación intensamente verde que cubría cada punto saliente sobre su cara del sudeste. Era ese mismo verde opulento que se ve en el musgo de la selva o en el liquen de las cuevas: plantas que, como estas, crecen en un perpetuo crepúsculo.

La máquina se había parado sobre una playa en pendiente. El mar se extendía hacia el sudeste, levantándose claro y brillante sobre el cielo pálido.

---

56 Óxido rojo de hierro, un tanto arcilloso, abundante en la naturaleza. Suele emplearse en la pintura.

No había allí ni rompientes ni olas, pues no soplaba ni una ráfaga de viento.

Solo una ligera y oleosa ondulación mostraba que el mar eterno aún se agitaba y vivía. Y a lo largo de la orilla, donde el agua rompía a veces, había una gruesa capa de sal rosada bajo el espeluznante color del cielo. Sentía una opresión en mi cabeza y observé que tenía la respiración muy agitada. Aquella sensación me recordó mi único ensayo de montañismo y por ello juzgué que el aire debía estar más enrarecido que ahora.

Muy lejos, en lo alto de la desolada pendiente, oí un áspero grito y vi una cosa parecida a una inmensa mariposa blanca inclinarse revoloteando por el cielo y, dando vueltas, desaparecer sobre unas lomas bajas. Me estremecí ante su chillido, era tan lúgubre que me asenté con más firmeza en la máquina.

Mirando nuevamente a mi alrededor vi que, muy cerca, lo que había tomado por una rojiza masa de rocas se movía lentamente hacia mí. Percibí entonces que la cosa era en realidad un ser monstruoso parecido a un cangrejo. ¿Pueden imaginar un cangrejo tan grande como aquella masa, moviendo lentamente sus numerosas patas, bamboleándose, cimbreando sus enormes pinzas, sus largas antenas, como látigos, ondulantes tentáculos, con sus ojos acechándoles centelleantes a cada lado de su frente metálica? Su lomo era rugoso y adornado de protuberancias desiguales y unas verdosas incrustaciones lo recubrían por toda su superficie. Veía, mientras se movía, los numerosos palpos de su compleja boca agitarse y tantear.

Mientras miraba con asombro aquella siniestra aparición que se arrastraba hacia mí, sentí sobre mi mejilla un cosquilleo como si una mosca se posase en ella. Intenté apartarla con la mano, pero al momento volvió y casi inmediatamente sentí otra sobre mi oreja. La apresé y cogí algo parecido a un hilo. Se me escapó rápidamente de la mano. Con una náusea atroz me volví y pude ver que había atrapado la antena de otro monstruoso cangrejo que estaba detrás de mí. Sus ojos malignos ondulaban sus pedúnculos, su boca estaba animada de voracidad y sus recias pinzas torpes, untadas de un fango de algas, iban a caer sobre mí. En un instante mi mano asió la palanca y puse un mes de intervalo entre aquellos monstruos y yo. Pero me encontré aún en la misma playa y los vi claramente en cuanto paré. Docenas de ellos parecían arrastrarse aquí y allá, en la sombría luz, entre las capas superpuestas de un verde intenso.

No puedo describir la sensación de abominable desolación que pesaba sobre el mundo. El cielo rojo al oriente, el norte entenebrecido, el salado Mar Muerto[57], la playa cubierta de guijarros donde se arrastraban aquellos inmundos, lentos y excitados monstruos; el verde uniforme de aspecto venenoso de las plantas de liquen, aquel aire enrarecido que desgarraba los pulmones: todo contribuía a crear aquel aspecto aterrador. Hice que la máquina me llevase cien años hacia delante; y allí estaba el mismo sol rojo —un poco más grande, un poco más empañado—, el mismo mar moribundo, el mismo aire helado y el mismo amontonamiento de los bastos crustáceos entre la hierba verde y las rocas rojas. Y en el cielo occidental vi una pálida línea curva como una enorme luna nueva.

---

57 Mar de Asia Occidental entre Jordania e Israel. Sus aguas están tan cargadas de sales que resulta difícil sumergirse en él.

Y así viajé, deteniéndome de vez en cuando, a grandes zancadas de mil años o más, arrastrado por el misterio del destino de la Tierra, viendo con una extraña fascinación cómo el Sol se tornaba más grande y más empañado en el cielo de occidente y la vida de la vieja Tierra iba decayendo. Al final, a más de treinta millones de años de aquí, la inmensa e intensamente roja cúpula del sol acabó por oscurecer cerca de una décima parte de los cielos sombríos.

Entonces me detuve una vez más, pues la multitud de cangrejos había desaparecido y la playa rojiza, salvo por sus plantas de un amarillo hepático y sus líquenes de un verde descolorido, parecía sin vida. Y ahora estaba cubierta de una capa blanca. Me asaltó un frío penetrante. Copos blancos caían escasos de vez en cuando, remolineando. Hacia el nordeste, el relumbrar de la nieve se extendía bajo la luz de las estrellas de un cielo negro y pude ver las cumbres ondulantes de unas lomas de un blanco rosado. Había allí flecos de hielo a lo largo de la orilla del mar, con masas flotantes más lejos; pero la mayor extensión de aquel océano salado, todo sangriento bajo el eterno sol poniente, no estaba helada aún.

Miré a mi alrededor para ver si quedaban rastros de alguna vida animal.

Cierta indefinible aprensión me mantenía en el sillín de la máquina. Pero no vi moverse nada, ni en la tierra, ni en el cielo, ni en el mar. Solo el lodo verde sobre las rocas atestiguaba que la vida no se había extinguido. Un banco de arena apareció en el mar y el agua se había retirado de la costa. Creí ver algún objeto negro aleteando sobre aquel banco, pero cuando lo observé permaneció inmóvil. Juzgué que mis ojos se habían engañado y que el negro objeto era simplemente una roca. Las estrellas en el cielo brillaban con intensidad y me pareció que centelleaban muy levemente.

De repente noté que el contorno occidental del sol había cambiado; que una concavidad, una bahía, aparecía en la curva. Vi que se ensanchaba.

Durante un minuto, quizá, contemplé horrorizado aquellas tinieblas que invadían lentamente el día y entonces comprendí que comenzaba un eclipse.

La Luna o el planeta Mercurio pasaban ante el disco solar. Naturalmente, al principio me pareció que era la Luna, pero me inclino con seguridad a creer

que lo que vi en realidad era el tránsito de un planeta interior que pasaba muy próximo a la Tierra.

La oscuridad aumentaba rápidamente; un viento frío comenzó a soplar en ráfagas refrescantes
del este y la caída de los copos blancos en el aire se
hizo más frecuente. Vinieron una agitación y un
murmullo desde la orilla del mar. Fuera de estos
ruidos inanimados el mundo estaba silencioso.
¿Silencioso? Sería difícil describir aquella calma.
Todos los ruidos humanos, el balido del rebaño,
los gritos de los pájaros, el zumbido de los in-
sectos, el bullicio que forma el fondo de nuestras
vidas, todo eso había desaparecido. Cuando las
tinieblas se concentraron, los copos cayeron más
abundantes, danzando ante mis ojos. Al final, rápidamente, uno tras otro, las blancas cumbres de las
lejanas colinas se desvanecieron en la oscuridad.
La brisa se convirtió en un viento quejumbroso.
Vi la negra sombra central del eclipse difundirse
hacia mí. En otro momento solo las pálidas estrellas fueron visibles. Todo lo demás estaba sumido
en las tinieblas. El cielo era completamente negro.

Me invadió el horror de aquellas grandes tinieblas. Me vencieron el frío —que me penetraba

hasta los huesos— y el dolor que sentía al respirar. Me estremecí y una náusea mortal se apoderó de mí. Entonces, como un arco candente en el cielo, apareció el borde del sol. Bajé de la máquina para reanimarme. Me sentía aturdido e incapaz de afrontar el viaje de vuelta.

Mientras permanecía así, angustiado y confuso, vi de nuevo aquella cosa movible sobre el banco —no había ahora equivocación posible de que la cosa se movía— resaltar contra el agua roja del mar. Era una cosa redonda, quizá del tamaño de un balón de fútbol, con unos tentáculos que le arrastraban por detrás; parecía negra contra las agitadas aguas colore rojo sangre y brincaba torpemente de aquí para allá. Entonces sentí que me iba a desmayar.

Pero un terror espantoso a quedar tendido e impotente en aquel crepúsculo remoto y tremendo me sostuvo mientras trepaba sobre el sillín.

XV

EL REGRESO
DEL VIAJERO DEL TIEMPO

Y así he vuelto. Debí permanecer largo tiempo insensible sobre la máquina. La sucesión intermitente de los días y las noches se reanudó, el sol salió dorado de nuevo, el cielo volvió a ser azul. Respiré con mayor facilidad.

Los contornos fluctuantes de la tierra fluyeron y refluyeron. Las agujas giraron hacia atrás sobre los cuadrantes. Al final vi otra vez vagas sombras de casas, los testimonios de la humanidad decadente. Estas también cambiaron y pasaron; aparecieron otras. Luego, cuando el cuadrante del millón estuvo a cero, aminoré la velocidad. Empecé a reconocer nuestra mezquina y familiar arquitectura, la aguja de los millares volvió rápidamente a su punto de partida, la noche y el día alternaban cada vez más despacio. Luego vi que los viejos muros del laboratorio me rodearon. Entonces, muy suavemente, fui parando el mecanismo.

Observé una cosa insignificante que me pareció rara: como ya les he dicho, cuando partí, antes de que mi velocidad llegase a ser muy grande, la señora Watchets —mi ama de llaves— había cruzado la habitación, moviéndose como un cohete o eso me pareció. A mi regreso pasé de nuevo en el minuto en que ella cruzaba el laboratorio. Pero ahora cada movimiento suyo pareció ser exactamente la inversa de los que ella había hecho antes. La puerta del extremo inferior se abrió y ella se deslizó tranquilamente en el laboratorio, de espaldas y desapareció detrás de la puerta por donde había entrado antes. Exactamente en el minuto precedente me pareció ver un momento a Hilleter; pero él pasó como un relámpago. Entonces detuve la máquina y vi otra vez a mi alrededor el viejo laboratorio familiar, mis instrumentos, mis aparatos exactamente tales como los dejé. Tembloroso, bajé de la máquina y me senté en mi banco. Durante varios minutos estuve temblando violentamente. Luego me calmé. A mi alrededor estaba de nuevo mi antiguo taller exactamente como se hallaba antes. Debí haberme dormido allí y todo esto había sido un sueño.

¡Y, sin embargo, no era así exactamente! La máquina había partido del rincón sudeste del laboratorio. Estaba arrimada de nuevo al noroeste, contra la pared donde ustedes la han visto. Esto les indicará la distancia exacta que había desde la praderita hasta el pedestal de la Esfinge Blanca, en cuyo interior los Morlocks habían trasladado mi máquina.

Durante un rato mi cerebro quedó paralizado. Luego me levanté y vine aquí por el pasadizo, cojeando, pues me sigue doliendo el talón y sintiéndome desagradablemente desaseado. Vi la Pall Mall Gazette[58] sobre la mesa junto a la puerta. Descubrí que la fecha era, en efecto, la de hoy y mirando el reloj vi que marcaba casi las ocho. Oí vuestras voces y el ruido de los platos.

Vacilé. ¡Me sentía tan extenuado y débil! Entonces olí una buena y sana comida, abrí la puerta y aparecí ante ustedes. Ya conocen el resto. Me lavé, comí y ahora les he contado la aventura.

---

58 Periódico vespertino fundado en Londres en 1865 por George Murray Smith.

XVI

DESPUÉS DEL RELATO

—Sé —dijo el Viajero del Tiempo después de una pausa— que todo esto les parecerá completamente increíble. Para mí la única cosa increíble es estar aquí esta noche, en esta vieja y familiar habitación, viendo sus caras amigas y contándoles estas extrañas aventuras.

Miró al doctor.

—No. No puedo esperar que crea esto. Tome mi relato como una patraña o como una profecía.

Diga usted que he soñado en mi taller. Piense que he meditado sobre los destinos de nuestra raza hasta haber tramado esta ficción. Considere mi afirmación de su autenticidad como una simple pincelada artística para aumentar su interés. Y tomando así el relato, ¿qué piensa de él?

Cogió su pipa y comenzó, de acuerdo con su antigua manera, a dar con ella nerviosamente sobre las barras de la parrilla. Hubo un silencio momentáneo.

Luego las sillas empezaron a crujir y los pies a restregarse sobre la alfombra.

Aparté los ojos de la cara del Viajero del Tiempo y miré a los oyentes a mi alrededor. Estaban en la oscuridad y pequeñas manchas de color flotaban ante ellos. El doctor parecía absorto en la contemplación de nuestro anfitrión. El director del periódico miraba con obstinación la punta de su sexto cigarro. El periodista sacó su reloj. Los otros, si mal no recuerdo, estaban inmóviles.

El director se puso en pie con un suspiro y dijo:

—¡Lástima que usted no sea escritor de cuentos! —y puso su mano en el hombro del Viajero del Tiempo.

—¿Usted no cree esto?

—Pues yo...

—Me lo figuraba.

El Viajero del Tiempo se volvió hacia nosotros.

—¿Dónde están las cerillas? —dijo. Encendió una y entre bocanadas de humo de su pipa habló—: Si les digo la verdad... apenas puedo creerlo yo mismo... Y sin embargo...

Sus ojos cayeron con una muda interrogación sobre las flores blancas marchitas que había sobre la mesita. Luego volvió la mano con la que cogía la pipa y vi que examinaba unas cicatrices, a medio curar, sobre sus nudillos.

El doctor se levantó, fue hacia la lámpara y examinó las flores.

—El gineceo[59] es raro —dijo.

El psicólogo se inclinó y tendió la mano para coger una de ellas y poder observarla mejor.

—¡Que me cuelguen! ¡Es la una menos cuarto! —exclamó el periodista—. ¿Cómo voy a volver a mi casa?

---

59 Conjunto de órganos femeninos de la flor que se ubican en su centro.

—Hay muchos taxis en la estación —dijo el psicólogo.

—Es una cosa curiosísima —dijo el doctor—, pero no sé realmente a qué género pertenecen estas flores. ¿Puedo llevármelas?

El Viajero del Tiempo titubeó. Y de pronto exclamó:

—¡De ningún modo! —contestó.

—¿Dónde las ha encontrado en realidad? —preguntó el doctor.

El Viajero del Tiempo se llevó la mano a la cabeza. Habló como quien intenta mantener asida una idea que se le escapa.

—Me las metió en el bolsillo Weena, cuando viajé a través del tiempo.

Miró desconcertado a su alrededor.

—¡Desdichado de mí si todo esto no se borra! Esta habitación, ustedes y esta atmósfera de la vida diaria son demasiado para mi memoria. ¿He construido alguna vez una máquina del tiempo, o un modelo de ella? ¿O esto es solamente un sueño? Dicen que la vida es un sueño, un pobre sueño a veces precioso... pero no puedo hallar otro que encaje. Es una locura. ¿Y de dónde me ha venido este sueño...?

Tengo que ir a ver esa máquina ¡Si es que la hay! Cogió presuroso la lámpara, franqueó la puerta y la llevó, con su luz roja, a lo largo del corredor. Le seguimos. Allí, bajo la vacilante luz de la lámpara, estaba realmente la máquina, rechoncha, fea y sesgada; un artefacto de bronce, ébano, marfil y cuarzo translúcido y reluciente. Sólida al tacto pues alargué la mano y palpé sus barras con manchas y tiznes color marrón sobre el marfil y briznas de hierba y mechones de musgo adheridos a su parte inferior y una de las barras torcida oblicuamente.

El Viajero del Tiempo dejó la lámpara sobre el banco y recorrió con su mano la barra averiada.

—Ahora está muy bien —dijo—. El relato que les he hecho era cierto. Siento haberles traído aquí, al frío.

Cogió la lámpara y, en medio de un silencio absoluto, volvimos a la sala de fumar.

Nos acompañó al vestíbulo y ayudó al director a ponerse el gabán. El doctor le miraba a la cara y, con cierta vacilación, le dijo que debía alterarle el trabajo excesivo, lo cual le hizo reír a carcajadas. Lo recuerdo de pie en el umbral, gritándonos buenas noches.

Tomé un taxi con el director del periódico. Creía este que el relato era una «brillante mentira». Por mi parte, me sentía incapaz de llegar a una conclusión. ¡Aquel relato era tan fantástico e increíble y la manera de narrarlo tan creíble y serena! Permanecí desvelado la mayor parte de la noche pensando en aquello. Decidí volver al día siguiente y ver de nuevo al Viajero del Tiempo. Me dijeron que se encontraba en el laboratorio y como me consideraban de toda confianza en la casa, fui a buscarle. El laboratorio, sin embargo, estaba vacío. Fijé la mirada un momento en la máquina del tiempo, alargué la mano y moví la palanca. A lo cual la masa rechoncha y sólida de aspecto osciló como una rama sacudida por el viento. Su inestabilidad me sobrecogió y tuve el extraño recuerdo de los días de mi infancia cuando me prohibían tocar las cosas. Volví por el corredor y me encontré al Viajero del Tiempo en la sala de fumar. Venía de la casa. Llevaba un pequeño aparato fotográfico debajo de un brazo y un saco de viaje debajo del otro. Se echó a reír al verme y me ofreció su codo para que lo estrechase ya que no podía tenderme su mano.

—Estoy atrozmente ocupado —dijo— con esa cosa de allí.

—Pero ¿no es broma? —pregunté—. ¿Viajó realmente a través del tiempo?

—Así es real y verdaderamente.

Clavó con franqueza sus ojos en los míos. Vaciló. Su mirada vagó por la habitación.

—Necesito solo media hora —continuó—. Sé por qué ha venido y es sumamente amable por su parte. Aquí hay unas revistas. Si quiere quedarse a comer, le probaré que viajé a través del tiempo a mi antojo, con muestras y todo. ¿Me perdona que le deje ahora?

Accedí, comprendiendo apenas entonces toda la importancia de sus palabras; y haciéndome unas señas con la cabeza se marchó por el corredor. Oí la puerta cerrarse de golpe, me senté en un sillón y cogí un diario. ¿Qué iba a hacer hasta la hora de comer? De pronto, recordé por un anuncio que estaba citado con Richardson, el editor, a las dos. Consulté mi reloj y vi que no podía eludir aquel compromiso. Me levanté y fui por el pasadizo a decírselo al Viajero del Tiempo.

Cuando así el picaporte oí una exclamación, extrañamente interrumpida al final y un golpe seco, seguido de un choque. Una ráfaga de aire se arremolinó a mi alrededor cuando abría la puerta y sonó dentro un ruido de cristales rotos cayendo sobre el suelo. El Viajero del Tiempo no estaba allí. Me pareció ver durante un momento una forma fantasmal, confusa, sentada en una masa remolineante —negra y cobriza—, una forma tan transparente que el banco de detrás con sus hojas de dibujos era absolutamente claro; pero aquel fantasma se desvaneció mientras me frotaba los ojos. La máquina del tiempo había partido. Salvo un rastro de polvo en movimiento, el extremo más alejado del laboratorio estaba vacío. Una de las hojas de la ventana acababa, al parecer, de ser arrancada.

Sentí un asombro irrazonable. Comprendí que algo extraño había ocurrido y durante un momento no pude percibir de qué cosa rara se trataba. Mientras permanecía allí, mirando aturdido, se abrió la puerta del jardín y apareció el criado.

Nos miramos. Después volvieron las ideas a mi mente.

—¿Ha salido su amo... por ahí? —dije.

—No, señor. Nadie ha salido por ahí. Esperaba encontrarle aquí.

Ante esto, comprendí. A riesgo de disgustar a Richardson, me quedé allí, esperando la vuelta del Viajero del Tiempo; esperando el segundo relato, quizá más extraño aún y las muestras y las fotografías que traería consigo. Pero empiezo ahora a temer que habré de esperar toda la vida. El Viajero del Tiempo desapareció hace tres años. Y, como todo el mundo sabe, no ha regresado nunca.

EPÍLOGO

No puede uno escoger, sino hacerse preguntas. ¿Regresará alguna vez?

Puede que se haya deslizado en el pasado y caído entre los salvajes y cabelludos bebedores de sangre de la Edad de Piedra sin pulimentar; en los abismos del mar cretáceo; o entre los grotescos saurios, los inmensos animales reptadores de la época jurásica. Puede estar ahora —si se me permite emplear la frase— vagando sobre algún arrecife de coral Oolítico[60], frecuentado por los plesiosaurios[61], o cerca de los solitarios lagos sa-

---

60 Roca que contiene *oolitos*, cuerpos formados por envolturas minerales de sustancias calcáreas o de óxido de hierro o de silicio.
61 Reptiles habitantes de todos los mares de principios del período Jurásico. Con frecuencia se los identifica erróneamente como «dinosaurios marinos».

linos de la Edad Triásica. ¿O se marchó hacia el futuro, hacia las edades próximas, en las cuales los hombres son hombres todavía, pero en las que los enigmas de nuestro tiempo están aclarados y sus fastidiosos problemas resueltos? Hacia la virilidad de la raza: pues yo, por mi parte, no puedo creer que estos días recientes de tímida experimentación de teorías incompletas y de discordias mutuas sean realmente la época culminante del hombre. Digo, por mi propia parte. Él, lo sé —porque la cuestión había sido discutida entre nosotros mucho antes de ser construida la máquina del tiempo—, no pensaba alegremente acerca del progreso de la humanidad y veía tan solo en el creciente acopio de civilización una necia acumulación que debía inevitablemente venirse abajo al final y destrozar a sus artífices. Si esto es así, no nos queda sino vivir como si no lo fuera. Pero, para mí, el porvenir aparece aún oscuro y vacío; es una gran ignorancia, iluminada en algunos sitios casuales por el recuerdo de su relato. Para mi consuelo tengo dos extrañas flores blancas —encogidas ahora, ennegrecidas, aplastadas y frágiles— para atestiguar que cuando al parecer la inteligencia y la fuerza habían desaparecido, la gratitud y una mutua ternura aún se alojaban en el corazón del hombre.

Índice

La máquina del tiempo

I Introducción 5

II La máquina 17

III Vuelve el Viajero del Tiempo 25

IV El viaje a través del tiempo 39

V En la edad de oro 53

VI El ocaso de la humanidad 63

VII Una conmoción repentina 77

VIII Explicación 91

IX Los Morlocks 117

X Al llegar la noche 129

XI El Palacio de Porcelana Verde 145

XII En las tinieblas 161

XIII La trampa de la Esfinge Blanca 177

XIV La visión más distante 185

XV El regreso del Viajero del Tiempo 197

XVI Después del relato 201

Epílogo 211